職場日語不卡卡

情境商用
日語會話

吳皇禪／著　陳宜慧／譯

笛藤出版

作者的話

　　「既近又遠的國家」，日韓兩國在社會結構、經濟、文化、社會氛圍、思考方式等各方面都十分相近，卻又有大相逕庭之處。在商業領域，經常因為不同的思維、習慣和語言，讓雙方有錯誤的理解或判斷，導致業務上的過失和損失，並因此發生衝突。

　　本書著重在物流業和服務業，目標是讓讀者了解日本商業領域的思考方式、習慣和常識，並熟悉禮儀，使讀者能使用符合物流業和服務業職場情境的語言，提升溝通能力。

　　內容包含求職面試、文書工作、銷售業務等，依據具體的情境提供在職場經常使用的商用會話、基本文法、商務常識和禮儀，以及物流和服務業相關的專業用語，並附上小測驗。

　　希望讀者能透過本書了解日本的商業文化和常識，學會運用正確的日語，防止商業上的誤會、衝突和損失等，成為更有能力的日語商務人士。

　　最後向出版本書的白山出版社陳旭尚社長、吉裕順科長，以及所有工作人員致上最深的謝意。

吳皇禪

目錄

頑張ってね！

MEMO

THEME

I

にゅうしゃ
入社

進入公司

さいようめんせつ
採用面接

求職面試

採用面接
求職面試

1 会話

面接官：　どうぞ、お入りください。(入室)

就活生：　失礼します。グローバル大学、日本ビジネス
学科、韓國人と申します。
どうぞ、よろしくお願い致します。

面接官：　どうぞ、お座りください。

就活生：　失礼します。

新しい単語

採用 聘用	面接官 面試官	入室 進入房間
就活生 求職準備者	座る 坐下	失礼 不好意思
グローバル 全球的	ビジネス 商業	学科 科系

面接官： 簡単に自己 PR をしてください。

就活生： はい、私は大学で日本のビジネスを専攻しております、特に流通サービスに興味を持って研究して参りました。そして 学外ではコンビニでアルバイトを行い販売サービス活動を行ってきました。

面接官： そうですか、あなたの長所と短所は何ですか？

就活生： はい、私の長所は、「積極性」 があることです。大学やアルバイト先では指示された仕事以外にも自分ができることは何かを考えて率先して仕事を行いました。

新しい単語

専攻 主修	流通 （貨幣、商品）流通	興味 興趣	研究 研究
学外 課外活動	販売 販售	コンビニ 便利商店	活動 活動
長所 優點	短所 缺點	積極性 積極性	率先 率先
アルバイト先 打工地點		仕事 工作	行う 做、進行

11

私の短所は、「理屈っぽい」ところです。
正論を押し付けすぎたせいで関係が悪くなっ
てしまったメンバーがいました。
その後、仲直りはしましたが、自分の理屈っ
ぽさを改善するために、筋道が通っているか
だけでなく、相手の立場や思いに配慮して対
応するように心掛けています。

面接官:　なるほど。
　　　　　最後に、志望動機を教えてください。

新しい単語

理屈っぽい　光講理論、喜歡說教　　　　　　　　正論　正確的言論

押し付ける　強調　　　関係　關係　　　　　仲直り　和好

改善　改善　　　　筋道　道理、程序　　　相手　對方

立場　立場　　　　配慮　考慮　　　　　　対応　應對

心掛ける　銘記在心、留意　　　　　　　志望動機　志願動機

就活生： はい、御社の販売サービス業務は私が大学で取り組んできた研究とまさに合致していて、自分の強みを最大限、活かせると考え、志望いたしました。

面接官： はい、わかりました。面接は以上で終りです。お疲れ様でした。

就活生： はい、本日はありがとうございました。失礼いたします。(退室)

新しい単語

御社 貴公司　　業務 業務　　取り組む 投入　　合致 一致

強み 専長、優點　　最大限 最大限度的　　活かせる 發揮、實踐所長

お疲れ様でした 辛苦了　　退室 離開房間

2 基本文型

1) お / ご ~ ください。請……。

　　催促對方行動或鄭重拜託時

- どうぞ、お座りください。
- どうぞ、こちらでお休みください。
- ご注意ください。

2) ~ と申します。我是……。

　　主要用於初次拜訪客戶、電話應對、郵件等

　　「言う」的謙讓語

- 初めまして、松本潤と申します。
- 韓日商事、販売部の韓國人と申します。
- 初めてお目にかかります。私 ＊＊＊と申します。(自分の名前)

新しい単語

休む 休息	注意 注意	商事 商務
販売部 銷售部	お目にかかる 拜見	

---

3)　～致します。我來幫忙做……。

用於自己先行動時

「する」的謙讓語

- よろしくお願い致します。
- 出前致します。
- お知らせ致します。

4)　～参りました。來……。

「来る」或「行く」的謙讓用法

- 日本から参りました。
- お迎えに参りました。
- 行って参りました。

新しい単語

出前 送菜、送外賣　　**知らせ** 通知、消息　　**迎え** 迎接

5)　～ように心掛<ruby>心<rt>こころ</rt></ruby>掛<ruby>掛<rt>が</rt></ruby>けています。

　　留心（注意）……。

- 忘<ruby>忘<rt>わす</rt></ruby>れないように心掛<ruby>心<rt>こころ</rt></ruby>掛<ruby>掛<rt>が</rt></ruby>けています。
- 毎日勉強<ruby>毎日勉強<rt>まいにちべんきょう</rt></ruby>するように心掛<ruby>心<rt>こころ</rt></ruby>掛<ruby>掛<rt>が</rt></ruby>けています。
- 最近<ruby>最近<rt>さいきん</rt></ruby>、早寝早起<ruby>早寝早起<rt>はやねはやお</rt></ruby>きするように心掛<ruby>心<rt>こころ</rt></ruby>掛<ruby>掛<rt>が</rt></ruby>けています。

6)　～様<ruby>様<rt>さま</rt></ruby>でした。做過……了。

　　對於做了什麼事比較恭敬表達的話

- ご馳走様<ruby>馳走<rt>ちそう</rt></ruby>様<ruby>様<rt>さま</rt></ruby>でした。
- お世話様<ruby>世話<rt>せわ</rt></ruby>様<ruby>様<rt>さま</rt></ruby>でした。
- お粗末様<ruby>粗末<rt>そまつ</rt></ruby>様<ruby>様<rt>さま</rt></ruby>でした。

新しい単語 <ruby>新<rt>あたら</rt></ruby>しい<ruby>単語<rt>たんご</rt></ruby>

勉強<ruby>勉強<rt>べんきょう</rt></ruby> 讀書　　　　**最近**<ruby>最近<rt>さいきん</rt></ruby> 最近　　　　**早寝早起き**<ruby>早寝早起<rt>はやねはやお</rt></ruby> 早睡早起

馳走<ruby>馳走<rt>ちそう</rt></ruby> 美食、盛宴　　**世話**<ruby>世話<rt>せわ</rt></ruby> 打擾、麻煩　　**粗末**<ruby>粗末<rt>そまつ</rt></ruby> 粗糙、簡慢

③ ビジネス情報「採用情報・長所と短所」

1) 仕事の種類

事務・管理: 総務・人事・経理・一般事務・秘書

販売・サービス: 販売スタッフ・スーパーバイザー・バイヤー・

観光ガイド・ホテルスタッフ

空港旅客サービス・飛行機客室乗務員

専門分野: 翻訳・通訳・教員

その他: フリーランス

新しい単語

採用 聘用	情報 資訊	種類 種類	事務 文書工作
管理 管理	総務 總務	人事 人事	経理 會計事務
一般 一般	秘書 秘書	販売スタッフ 銷售員	
スーパーバイザー 主管、管理者		観光ガイド 導遊	
空港 機場	旅客 遊客	飛行機 飛機	客室 客艙
乗務員 空服員	翻訳 翻譯	通訳 口譯	教員 老師
フリーランス 自由工作者			

2) 雇用形態
   <ruby>雇<rt>こ</rt></ruby><ruby>用<rt>よう</rt></ruby><ruby>形<rt>けい</rt></ruby><ruby>態<rt>たい</rt></ruby>

   正社員・契約社員・派遣社員・アルバイト・パート

3) 企業の採用条件
   <ruby>企<rt>き</rt></ruby><ruby>業<rt>ぎょう</rt></ruby>の<ruby>採<rt>さい</rt></ruby><ruby>用<rt>よう</rt></ruby><ruby>条<rt>じょう</rt></ruby><ruby>件<rt>けん</rt></ruby>

   会社の求める人物像

4) 福利厚生
   <ruby>福<rt>ふく</rt></ruby><ruby>利<rt>り</rt></ruby><ruby>厚<rt>こう</rt></ruby><ruby>生<rt>せい</rt></ruby>

   健康保険・厚生年金保険・雇用保険・労災保険・
   勤務手当

新しい単語

雇用形態 僱用型態	契約社員 約聘人員	派遣 派遣
アルバイト 打工	パート 兼職	人物像 理想人才
待遇 待遇	福利 福利	健康保険 健康保険
厚生年金 福利養老金	雇用 聘用	労災 職災
勤務 上班	手当 津貼	

18

長所 ちょうしょ	短所 たんしょ
リーダーシップ	我が強い が つよ
コミュニケーション力 りょく	世話焼き せわ や
協調性 きょうちょうせい	流されやすい なが
柔軟性 じゅうなんせい	優柔不断 ゆうじゅうふだん
調整力 ちょうせいりょく	仕切りたがり し き
行動力 こうどうりょく	計画性がない けいかくせい
積極性 せっきょくせい	自己主張が強い じ こ しゅちょう つよ
主体性 しゅたいせい	独断的 どくだんてき
忍耐力 にんたいりょく	あきらめが悪い わる
努力家 どりょくか	没頭しやすい ぼっとう
責任感 せきにんかん	抱え込みやすい かか こ
ポジティブ	楽観的／のんき らっかんてき
計画性 けいかくせい	心配性 しんぱいせい
几帳面 きちょうめん	神経質 しんけいしつ
論理的 ろん り てき	理屈っぽい り くつ

じつりょく
実力チェック

1. 請用日語寫出下列單字。
（包含漢字、平假名、片假名）

例）日語：日本語（にほんご）

(1) 進入公司：

(2) 面試：

(3) 主修：

(4) 工作、業務：

(5) 販售：

(6) 志向、志願：

2. 請將下列句子翻譯成中文。

(1) 簡単（かんたん）に自己（じこ）PR（ピアル）をしてください。

—————————————————————————

(2) あなたの長所（ちょうしょ）と短所（たんしょ）は何（なん）ですか？

—————————————————————————

(3) 志望動機を教えてください。

——————————————————————————————

(4) お疲れ様でした。

——————————————————————————————

(5) ご注意ください。

——————————————————————————————

3. 請將下列句子翻譯成日文。

(1) 初次見面，我是（自己的名字）。

——————————————————————————————

(2) 我來告訴您。

——————————————————————————————

(3) 我來接您了。

＿＿＿＿＿＿＿＿＿＿＿＿＿＿＿＿＿＿＿＿＿＿＿

(4) 留心不要忘記。

＿＿＿＿＿＿＿＿＿＿＿＿＿＿＿＿＿＿＿＿＿＿＿

(5) 謝謝您的照顧。

＿＿＿＿＿＿＿＿＿＿＿＿＿＿＿＿＿＿＿＿＿＿＿

初出勤
<ruby>初出勤<rt>はつしゅっきん</rt></ruby>

第一天上班

2

<ruby>初出勤<rt>はつしゅっきん</rt></ruby>
第一天上班

---

1 <ruby>会話<rt>かいわ</rt></ruby>

<ruby>課長<rt>かちょう</rt></ruby>：
<ruby>皆<rt>みな</rt></ruby>さん、ちょっといいですか？<ruby>今日<rt>きょう</rt></ruby>から、<ruby>販売<rt>はんばい</rt></ruby><ruby>部<rt>ぶ</rt></ruby>で<ruby>一緒<rt>いっしょ</rt></ruby>に<ruby>働<rt>はたら</rt></ruby>くことになった<ruby>韓國人<rt>ハングッイン</rt></ruby>さんです。<ruby>韓<rt>ハン</rt></ruby>さん、<ruby>簡単<rt>かんたん</rt></ruby>に<ruby>自己紹介<rt>じこしょうかい</rt></ruby>してください。

<ruby>新入社員<rt>しんにゅうしゃいん</rt></ruby>：
はい。<ruby>皆<rt>みな</rt></ruby>さん、おはようございます。このたび、<ruby>販売部<rt>はんばいぶ</rt></ruby>に<ruby>配属<rt>はいぞく</rt></ruby>されました<ruby>韓國人<rt>ハングッイン</rt></ruby>と<ruby>申<rt>もう</rt></ruby>します。<ruby>大学<rt>だいがく</rt></ruby>では<ruby>日本<rt>にほん</rt></ruby>のビジネスを<ruby>専攻<rt>せんこう</rt></ruby>しておりましたが、まだまだ<ruby>未熟<rt>みじゅく</rt></ruby>なため<ruby>現在<rt>げんざい</rt></ruby>も<ruby>勉強<rt>べんきょう</rt></ruby><ruby>中<rt>ちゅう</rt></ruby>です。

<ruby>新<rt>あたら</rt></ruby>しい<ruby>単語<rt>たんご</rt></ruby>

<ruby>初出勤<rt>はつしゅっきん</rt></ruby> 第一天上班	<ruby>課長<rt>かちょう</rt></ruby> 課長	<ruby>一緒<rt>いっしょ</rt></ruby>に 一起	<ruby>働<rt>はたら</rt></ruby>く 工作
<ruby>簡単<rt>かんたん</rt></ruby>に 簡單地	<ruby>自己紹介<rt>じこしょうかい</rt></ruby> 自我介紹	<ruby>販売部<rt>はんばいぶ</rt></ruby> 銷售部	<ruby>配属<rt>はいぞく</rt></ruby> 分配
<ruby>未熟<rt>みじゅく</rt></ruby> 不熟練	<ruby>勉強<rt>べんきょう</rt></ruby> 學習		

趣味はサイクリングと旅行です。もし、趣味が同じ方がいらっしゃいましたら、お声がけ下さい。また、仕事の方も一日でも早く、仕事を覚えられるよう努めて参ります。どうぞ、よろしくお願いいたします。

一同： よろしくお願いします。

課長： 韓さんは、まず一週間ほど一般事務のスキルを身につけてから売り場で働くことになります。

新入社員： はい。かしこまりました。

新しい単語

趣味 興趣	旅行 旅行	サイクリング 騎自行車
よう〜 使（做）〜	覚える 學會	努力 努力
一般事務 一般行政工作	スキル 技能	身につける 學會、熟練
売り場 賣場	働く 工作	かしこまりました 我知道了

② 基本文型

1) ～ことになる。將會……。

用於非自願，自然而然發生的情況

- 今日から、販売部で一緒に働くことになりました。
- 来週、日本へ出張することになった。
- 新型コロナのため今月は在宅勤務することになりました。

＊～こととなる。會……。

思考過後的結果，有「打算、計畫做～」的意思

- 本日を持ちましてサービスを終了させていただくこととなりました。
- このたび弊社は下記に移転することとなりました。
- 当院でもオンライン診療を開始することとなりました。

新しい単語

出張 出差	新型コロナ 新冠病毒	在宅勤務 在家工作
終了 結束	弊社 敝公司	下記 下列
住所 地址	移転 搬遷	当院 本院
診療 診療	開始 開始	

2)　〜いらっしゃいましたら、如果（有）……

- お医者様がいらっしゃいましたら、名乗り出てください。
- ご存知の方がいらっしゃいましたら、教えてください。
- 葉島様がいらっしゃいましたら、カウンターまでお願いします。

3)　〜（ら）れるよう（に）、使〜可以……

- 期待に応えられるよう頑張ります。
- 明日、笑っていられるように。
- 笑顔でいられるように。

新しい単語

医者 醫生	名乗り 通報姓名	存知 知道
期待 期待	応える 回應	頑張る 努力
笑う 笑	笑顔 笑臉	

③ ビジネス情報「 自己紹介、四つのポイント 」

1) 一分を目安に「 短く 」「 簡潔 」に

　ダラダラと長い自己紹介は、マイナスの印象を与えます。

2) 過剰な自己アピールはNG

　自己紹介はあくまでも、「 挨拶 」と「 次の話題のきっかけ作り 」です。自分の能力や知識、意欲のアピールがあまり強すぎないように注意しましょう。

新しい単語

ポイント 重點	目安 目標、基準	簡潔 簡潔	印象 印象
与える 給予	ダラダラ 拖延、冗長		過剰 過度
話題 話題	きっかけ 契機	能力 能力	知識 知識
意欲 熱情、積極性	アピール 吸引		

3) 明るい表情・大きな声ではっきりと

明るくハキハキと話すことは基本です。まっすぐ相手の顔を見て、声を前に送るイメージで話しましょう。小さい声やこもった声は消極的な印象を持たれてしまいます。

4) 五つの項目をベースに話す

自己紹介で話す内容と流れを確認しましょう。
(1) 挨拶
(2) 大学・学科／職務経歴
(3) 大学や学外活動での学び、専門分野
(4) ピンポイントＰＲ
(5) 企業に対して魅力に感じている点など

新しい単語

表情 表情	消極的 消極的	ピンポイント 精確位置
企業 企業	魅力 魅力	ハキハキ 清楚地

実力チェック

1. 請用日語寫出下列單字。
（包含漢字、平假名、片假名）

(1) 課長：

(2) 上班：

(3) 賣場：

(4) 一般行政工作：

(5) 興趣：

(6) 負責：

2. 請將下列句子翻譯成中文。

(1) 簡単に自己紹介してください。

——————————————————————————

(2) 販売部に配属されました韓國人と申します。

——————————————————————————

(3) 趣味が同じ方がいらっしゃいましたら、お声がけ下さい。

————————————————————————————————

(4) 仕事の方も一日でも早く、仕事を覚えられるよう努め
て参ります。

————————————————————————————————

(5) 一般事務のスキルを身につけてから売り場で働くこと
になります。

————————————————————————————————

3. 請將下列句子翻譯成日文。

(1) 從今天起要在銷售部一起工作。

————————————————————————————————

(2) 如果有人知道請告訴我。

————————————————————————————————

(3) 我會努力不辜負大家的期待。

─────────────────────────────────

(4) 這次敝公司將搬到以下（地址）。

─────────────────────────────────

(5) 希望您笑容常在。

─────────────────────────────────

事務室で

在辦公室

でん わ おう たい
電話応対

電話應對

電話応対
でんわおうたい
電話應對

1 会話「取り次ぐ」
かいわ　とりつぐ

社員：　お電話ありがとうございます。韓日商事でございます。
しゃいん　でんわ　　　　　　　　　　　　　　かんにちしょうじ

顧客：　お世話になっております。佐島物産の安倍と申します。恐れ入りますが、浮田課長はいらっしゃいますでしょうか？
こきゃく　せわ　　　　　　　　　さじまぶっさん　あべ　もう　　おそ　い　　　　　うきだかちょう

社員：　佐島物産の安倍様。
しゃいん　さじまぶっさん　あべさま

　　　　いつもお世話になっております。浮田でございますね？おつなぎしますので少々お待ち下さい。
せわ　　　　　　　　　　　　うきだ　　　　　　　　　　　　しょうしょう　ま　くだ

新しい単語
あたらしいたんご

電話応対 電話應對 でんわおうたい	商事 商務 しょうじ	取り次ぐ 轉達、傳達 とりつぐ
顧客 客戶 こきゃく	物産 物産 ぶっさん	お世話になる 受您照顧 せわ
恐れ入る 惶恐（抱歉） おそれいる	つなぐ 轉接	

② **会話「留守」**

社員： お電話ありがとうございます。韓日商事でござ

います。

顧客： お世話になっております。

スガ貿易会社の門沙羅と申します。

恐れ入りますが、浮田課長はいらっしゃいま

すでしょうか？

社員： スガ貿易会社の門沙羅様でいらっしゃいます

ね？

いつもお世話になっております。

申し訳ありませんが、浮田はただいま席を外し

ております。

戻り次第こちらからお電話いたしましょうか？

新しい単語

留守 不在　　　　貿易会社 貿易公司　　　　席を外す 不在位子上

戻る 回來　　　　次第 一〜就……

顧客:　　はい、お願いします。

社員:　　念のためお電話番号をお願いいたします。

顧客:　　はい、03 の 300 の 1000 です。

社員:　　はい、確認させていただきます。

　　　　03 の 300 の 1000 ですね。お伝えしておきま

　　　　す。

顧客:　　よろしくお願いします。

社員:　　ありがとうございます。

新しい単語

念のため 以防萬一　　　確認 確認　　　伝える 轉告

③ 基本文型

1) ～でございます。

①是……。更加鄭重地說です時。

- 私が小島でございます。

- 保証期間は六ヶ月でございます。

- こちらの商品は三万円でございます。

②有……。單獨使用「ございます」時，是「ある」的意思。

- 紙がございます。＝紙があります。

- 車はございません。＝車はありません。

- お金ならございます。＝お金ならあります。

- A：時計ありますか？

  B：はい、ございます。

新しい単語

保証期間 保固期間　　商品 商品　　時計売り場 時鐘賣場

紙 紙張　　車 汽車

2) お世話になります。受您照顧。

向對方表達「謝謝您締結商務關係」的感謝語

- 本日よりお世話になりますので、よろしくお願いします。
- こちらこそお世話になります。
- 在職中はお世話になりまして、ありがとうございます。

3) ～させていただきます。讓我來做……。

經對方或第三方許可後行動的情境

- 検討させていただきます。
- スケジュールを確認させていただきます。
- 本日はこれで終了させていただきます。

新しい単語

在職中 在職期間　　検討 検討　　　　スケジュール 日程

終了 結束

④ ビジネス情報「呼称(こしょう)」

1) 役職呼称(やくしょくこしょう)

自分(じぶん)の会社(かいしゃ)	他社(たしゃ)・取引先(とりひきさき)
弊社(へいしゃ)の小島(おじま)・うちの小島(おじま)	小島(おじま)社長(しゃちょう)
弊社(へいしゃ)の梶間(かじま)・うちの梶間(かじま)	梶間(かじま)部長(ぶちょう)
弊社(へいしゃ)の浮田(うきだ)・うちの浮田(うきだ)	浮田(うきだ)課長(かちょう)

2) 会社(かいしゃ)・学校(がっこう)の呼称(こしょう)

	自分(じぶん)の会社(かいしゃ)	他社(たしゃ)・取引先(とりひきさき)
会社(かいしゃ)	弊社(へいしゃ)・当社(とうしゃ)・わが社(しゃ)	貴社(きしゃ)・御社(おんしゃ)
学校(がっこう)	本校(ほんこう)・当校(とうこう)	貴校(きこう)・御校(おんこう)
大学(だいがく)	本学(ほんがく)	貴学(きがく)・御学(おんがく)

新(あたら)しい単語(たんご)

呼称(こしょう) 稱呼	役職(やくしょく) 職務	他社(たしゃ) 其他公司
取引先(とりひきさき) 客戶	弊社(へいしゃ) 敝公司	当社(とうしゃ) 本公司
貴社(きしゃ)・御社(おんしゃ) 貴公司	本校(ほんこう)・当校(とうこう) 本校	本学(ほんがく) 本大學

自分 ················ 私 ・ 私

相手 ················ ○○さま、○○さん、お客様

上司 ················ ○○課長、○○部長

同僚 ················ ○○さん

＊注意：上司 (役職名) は、それ自体が敬称なので、役職名の後には「さん」はつけない。

新しい単語

相手 對方　　　　上司 上司　　　　同僚 同事　　　　注意 注意

敬称 尊稱　　　　役職名 職稱

実力チェック

1. 請用日語寫出下列單字。
（包含漢字、平假名、片假名）

(1) 轉達：

(2) 不在：

(3) 稱呼：

(4) 職稱：

(5) 電話應對：

(6) 商務：

2. 請將下列句子翻譯成中文。

(1) いつもお世話になっております。

————————————————————————————————

(2) 席を外しております。

————————————————————————————————

(3) おつなぎしますので 少々 お待ち下さい。

＿＿＿＿＿＿＿＿＿＿＿＿＿＿＿＿＿＿＿＿＿＿＿＿＿＿

(4) 戻り次第こちらからお電話いたしましょうか？

＿＿＿＿＿＿＿＿＿＿＿＿＿＿＿＿＿＿＿＿＿＿＿＿＿＿

(5) 確認させていただきます。

＿＿＿＿＿＿＿＿＿＿＿＿＿＿＿＿＿＿＿＿＿＿＿＿＿＿

3. 請將下列句子翻譯成日文。

(1) 我才是要承蒙您的照顧。

＿＿＿＿＿＿＿＿＿＿＿＿＿＿＿＿＿＿＿＿＿＿＿＿＿＿

(2) 保固期為六個月。

＿＿＿＿＿＿＿＿＿＿＿＿＿＿＿＿＿＿＿＿＿＿＿＿＿＿

(3) 今天到此結束。

_____

(4) 我來檢討。

_____

(5) 我會幫您轉達。

_____

MEMO

指示を受ける

接到指示

指示を受ける
接到指示

1 会話

課長：　韓君、たった今、部長から大至急、新製品の販
　　　　売計画を練ってほしいと言われてね。

社員：　はい。

新しい単語

指示 指示	受ける 接到	たった今 剛才、馬上
大至急 緊急	新製品 新產品	販売 販售
計画 計畫	練る 擬定（計畫）、推敲	

課長：　それで、売り場と取引先に行って、製品満足度
　　　　調査をまとめてほしいんだが、やってもらえな
　　　　いか？

社員：　はい、承知しました。早速、行って参ります。

課長：　いっていらっしゃい。
　　　　もし、困ることがあったら、一度、会社に電話
　　　　を入れてください。

社員：　はい、わかりました。

新しい単語

売り場 賣場	取引先 客戶	満足度 滿意度	まとめる 整理
承知 知道	早速 馬上、立刻	困る 爲難、苦惱	
一度 暫且、一次	電話を入れる 打電話		

② 基本文型（きほんぶんけい）

1) ～やってもらう。使～做……、拜託。

透過委託、拜託、命令等使某事發生時

- 山本君（やまもとくん）にやってもらおう。
- 一緒（いっしょ）にやってもらえませんか？
- 機会（きかい）があれば誰（だれ）かにやってもらいたいですね。

2) ～行（い）って参（まい）ります。我走了。

比「行（い）ってきます」更鄭重的用法

- すぐ行（い）って参（まい）ります。
- 見舞（みま）いに行（い）って参（まい）ります。
- 来月（らいげつ）から出張（しゅっちょう）で大阪（おおさか）へ行（い）って参（まい）ります。

新（あたら）しい単語（たんご）

機会（きかい）　機會　　　　見舞（みま）い　探病　　　　出張（しゅっちょう）　出差

③ ビジネス情報「重要敬語表現」

丁寧語 <small>ていねい ご</small>	尊敬語 <small>そんけい ご</small>	謙譲語 <small>けんじょうご</small>
います	いらっしゃいます おいでになります	おります
行きます <small>い</small>	いらっしゃいます おいでになります	まいります
来ます <small>き</small>	いらっしゃいます おいでになります	まいります
あります	おありになります おありです	ございます
言います <small>い</small>	おっしゃいます	(私は＊＊と) 申します <small>わたし</small> <small>もう</small> (意見を) 申し上げます <small>い けん</small> <small>もう あ</small>
見ます <small>み</small>	ご覧になります <small>らん</small>	拝見します <small>はいけん</small>
食べます <small>た</small> 飲みます <small>の</small>	召し上がります <small>め あ</small>	いただきます
知っています <small>し</small>	ご存じです <small>ぞん</small>	存じております <small>ぞん</small> 知っております <small>し</small>
思います <small>おも</small>	お思いになります <small>おも</small>	存じます <small>ぞん</small>
します	なさいます	いたします

51

丁寧語	尊敬語	謙譲語
会います	お会いになります	お会いします お目にかかります
持ちます	お持ちになります	お持ちします
聞きます	お聞きになります	お聞きします 伺います
住んでいます	お住まいです 住んでいらっしゃいます	住んでおります
～です	～でいらっしゃいます	～でございます
～ています	～ていらっしゃいます	～ております
くれます	くださいます	
着ます	お召しになります	
寝ます	お休みになります	
あげます		差し上げます
もらいます		いただきます
訪ねます 尋ねます		うかがいます

1. 請用日語寫出下列單字。
（包含漢字、平假名、片假名）

(1) 指示：   (2) 新產品：

(3) 計畫：   (4) 暫且、一次：

(5) 馬上、立刻：   (6) 客戶：

2. 請將下列句子翻譯成中文。

(1) 大至急、新製品の販売計画を練ってほしい。
　　だいしきゅう　しんせいひん　はんばいけいかく　ね

——————————————————————————

(2) 製品満足度調査をまとめてほしい。
　　せいひんまんぞく　ど　ちょうさ

——————————————————————————

(3) 早速、行って参ります。

＿＿＿＿＿＿＿＿＿＿＿＿＿＿＿＿＿＿＿＿＿＿＿＿＿

(4) 困ることがあったら、一度会社に電話を入れてください。

＿＿＿＿＿＿＿＿＿＿＿＿＿＿＿＿＿＿＿＿＿＿＿＿＿

(5) 見舞いに行って参ります。

＿＿＿＿＿＿＿＿＿＿＿＿＿＿＿＿＿＿＿＿＿＿＿＿＿

3. 請將下列句子翻譯成日文。

(1) 來、去（尊敬語）。

＿＿＿＿＿＿＿＿＿＿＿＿＿＿＿＿＿＿＿＿＿＿＿＿＿

(2) 說（尊敬語）。

＿＿＿＿＿＿＿＿＿＿＿＿＿＿＿＿＿＿＿＿＿＿＿＿＿

(3) 穿（尊敬語）。

————————————————————————————

(4) 住（尊敬語）。

————————————————————————————

(5) 吃、喝（尊敬語）。

————————————————————————————

MEMO

THEME
III

とりひきさきほうもん
取引先訪問
拜訪客戶

あんない
案内デスク

接待櫃台

案内デスク
接待櫃台

---

① 会話

案内: いらっしゃいませ。

訪客: あのう、すみません、営業部はどう行ったらいいんですか？

案内: 営業部ですか？

エレベーターで7階へお上がり下さい。

エレベーターを降りて右前方へ進むと、営業部の受付が見えます。

新しい単語

案内 接待	デスク 書桌、辦公桌	訪客 訪客	営業部 業務部
降りる 下來	右 右邊	前方 前方	受付 接待處

訪客: ７階ですか？エレベーターを降りて右前方へ進む。

案内: はい、そうです。

訪客: どうも、ありがとうございます。
ああ、あと、お手洗いはどこですか？

案内: お手洗いは、この廊下をずっと行った突き当たりにあります。

訪客: この廊下をずっと行った突き当たり、ご親切にどうも。

案内: 恐れ入ります。

新しい単語

お手洗い 洗手間　　廊下 走廊　　突き当たり 盡頭

親切 親切

61

2　基本文型

1)　~行ったら、如果去……

假設語氣，「たら」＝假設尚未發生的事情時

- どこに行ったらいいですか？
- 何を持って行ったらよいですか？
- 会社に行ったら分かります。

2)　~進むと、如果前往、前進、進行……

假設語氣，「と」＝用於必然（100％）發生時，說明理所

當然的事實

- 左に進むと、フロントがあります。
- これ以上進むと、引き返せないよ。
- 今後この件はどう進むと思いますか？

新しい単語

フロント　前台　　　引き返す　返回　　　件　事情

③ ビジネス情報「接客 8 大用語」

1) いらっしゃいませ。
お客様に対して最初にかける言葉であり、相手を歓迎していることを伝える用語。

2) ありがとうございます。
「ご来店いただきましてありがとうございます」など、お客様の行動に対しても使われることがあるので、自然と口に出せるように練習しておきましょう。
お帰りになるお客様に対しては、「ありがとうございました」と伝え、気持ちをこめてお辞儀をしましょう。

新しい単語

接客 接待客人	お客様 客人	言葉 話語	歓迎 歡迎
用語 用語	来店 到店	自然 自然	練習 練習
気持ち 心情	お辞儀 鞠躬		

3) 恐れ入ります。

「ありがとう」の意味を伝えるパターンと、こちらが恐縮していることを伝える２つのケースがあります。

お客様に何か頼み事をするときにも使われる用語。

4) かしこまりました。

お客様の要望を受けた際に、承諾したことを伝える言葉。

接客時は「わかりました」や「了解です」といったライトな口調はさけて、「かしこまりました」を使うことを意識しましょう。

新しい単語

意味 意思　　恐縮 感到抱歉　　頼み事 請求

要望 期望　　際 時候　　承諾 承諾　　了解 了解

口調 語調　　意識 意識

THEME III 拜訪客戶 ▶ SCENE 1 接待櫃台

5) 申し訳ございません。

お客様に迷惑をかけた場合、必ず使うべき用語。接客時の謝罪には、「すみません」や「ごめんなさい」は不適切となります。はっきりと「申し訳ございません」と声に出し、丁寧な謝罪を行うようにしましょう。

6) 少々お待ち下さい。

接客中にその場をはなれる必要がある場合や、相手に何かを頼まれたりしたときに使われる用語。

新しい単語

迷惑 麻煩、打擾　　**謝罪** 謝罪　　**不適切** 不合適　　**丁寧** 恭敬

7)　お待たせ致しました。

お客様を待たせた後の言葉になるので、笑顔にプラスしてお辞儀をするのがポイント。

長く待たせる結果となった場合には、「大変お待たせいたしました」と、謝罪の意味を込めることも必要となります。

8)　失礼致します。

お客様に声をかけたり、行動をさえぎったりする時に使われます。

必要以上にかしこまらなくても大丈夫です。

新しい単語

笑顔　笑臉　　　　　　結果　結果　　　　　　大丈夫　沒關係

1. 請用日語寫出下列單字。
（包含漢字、平假名、片假名）

(1) 業務部：

(2) 洗手間：

(3) 走廊：

(4) 盡頭：

(5) 接待客人：

(6) 請求：

2. 請將下列句子翻譯成中文。

(1) 営業部はどう行ったらいいんですか？

――――――――――――――――――――――――

(2) エレベーターを降りて右前方へ進むと、営業部の受付
が見えます。

――――――――――――――――――――――――

(3) お手洗いはこの廊下をずっと行った突き当たりにあり
ます。

——————————————————————————————————————

(4) 何を持って行ったらよいですか？

——————————————————————————————————————

(5) これ以上進むと引き返せないよ。

——————————————————————————————————————

3. 請將下列句子翻譯成日文。

(1) 歡迎光臨。

——————————————————————————————————————

(2) 不好意思。

——————————————————————————————————————

(3) 久等了。

_____

(4) 真的非常抱歉。

_____

(5) 不勝感激、實在不好意思。

_____

MEMO

初対面
しょたいめん

初次見面

初対面
しょたいめん
初次見面

1 　**会話「受付で」**
　　かいわ　うけつけ

受付:　いらっしゃいませ。
うけつけ

訪客:　こんにちは。
ほうきゃく
　　　韓日 商 事販売部の韓國人と申します。
　　　かんにちしょうじ はんばい ぶ　ハングッイン　　もう
　　　営 業 部の方と本日２時のお約束で参りました。
　　　えいぎょう ぶ　かた　ほんじつ じ　やくそく　まい

受付:　はい、韓日 商 事販売部の韓國人様。
うけつけ　　　かんにちしょうじ はんばい ぶ　ハングッインさま
　　　今しばらくお待ちくださいませ。
　　　いま　　　　　ま

　　　・・・・・・・・・

　　　お待たせ致しました。どうぞこちらへ。
　　　ま　　いた

新しい単語
あたら　たんご

初対面　初次見面　　　受付　接待（處）　　　約束　約定
しょたいめん　　　　　うけつけ　　　　　　　やくそく

2 会話「応接室で」

取引先: はじめまして。

私、加位祖物産、営業部の小島と申します。

(名刺を渡す)

訪客: 営業部の小島課長。

はじめまして。韓日商事販売部の韓國人と申

します。

いつもお世話になっております。(名刺を渡す)

取引先: 韓日商事販売部の韓國人様。

こちらこそお世話になっております。

今後、御社を担当させていただきます。

どうぞよろしくお願い致します。

新しい単語

取引先 客戸　　　　応接室 接待室　　　　名刺 名片

渡す 遞交　　　　担当 負責

73

訪客:　こちらこそどうぞよろしくお願い致します。

　　　　私は、本日、新製品の打ち合わせに参りました。

取引先:　そうですか。

　　　　会議室へご案内します。

　　　　どうぞこちらへ。

訪客:　はい、ありがとうございます。

新しい単語

打ち合わせ 商量　　　会議室 會議室　　　案内 引導、介紹

③ 基本文型

1) ～打ち合わせ。協議、事先商量、開會……。

用於事先討論方法、籌備、日期等

- 今日の打ち合わせはここまでにしましょう。
- 打ち合わせの予約、まだ間に合います。
- 打ち合わせの進め方を説明していきます。

2) ～ご案内いたします。向您介紹……。

- 後程、会議の時間と会場をご案内いたします。
- 出口までご案内いたしますので、こちらで少々
  お待ちください。
- 只今より会場へご案内いたします。

新しい単語

予約 預約	間に合う 來得及	進め方 進行方式、做法
説明 說明	後程 之後	会場 會場
出口 出口	只今より 從現在開始	

4　ビジネス情報「規則的な敬語表現」

丁寧語	尊敬語	謙譲語
話します	お話しになります 話されます	お話しします お話しいたします お話し申し上げます
読みます	お読みになります 読まれます	お読みします お読みいたします お読み申し上げます
待ちます	お待ちになります 待たれます	お待ちします お待ちいたします お待ち申し上げます
訪ねます	お訪ねになります 訪ねられます	お訪ねします お訪ねいたします お訪ね申し上げます
連絡します	ご連絡になります 連絡されます	ご連絡します ご連絡いたします ご連絡申し上げます
案内します	ご案内になります 案内されます	ご案内します ご案内いたします ご案内申し上げます

1. 請用日語寫出下列單字。
　（包含漢字、平假名、片假名）

(1) 客戶：　　　　　　　　　(2) 接待處：

(3) 名片：　　　　　　　　　(4) 負責：

(5) 商量：　　　　　　　　　(6) 會議室：

2. 請將下列句子翻譯成中文。

(1) お訪ねになります。

―――――――――――――――――――――――――――

(2) 今しばらく、お待ちくださいませ。

―――――――――――――――――――――――――――

(3) お待たせ致しました。どうぞこちらへ。

———————————————————————

(4) 出口までご案内いたしますので、こちらで少々お待ち

　　ください。

———————————————————————

(5) ご連絡申し上げます。

———————————————————————

3. 請將下列句子翻譯成日文。

(1) 我來赴今天 2 點的約。

———————————————————————

(2) 今天的會議就到此為止吧。

———————————————————————

(3) 那麼，現在由我帶您去會場。

——————————————————————————————————

(4) 之後由我負責貴公司。

——————————————————————————————————

(5) 現在預約會議還來得及。

——————————————————————————————————

MEMO

SCENE
3

せいひんしょうかい
製品紹介
産品介紹

<ruby>製<rt>せい</rt>品<rt>ひん</rt>紹<rt>しょう</rt>介<rt>かい</rt></ruby>

產品介紹

---

① <ruby>会<rt>かい</rt>話<rt>わ</rt></ruby>

<ruby>訪<rt>ほう</rt>客<rt>きゃく</rt></ruby>:　この<ruby>度<rt>たび</rt></ruby>、<ruby>当<rt>とう</rt>社<rt>しゃ</rt></ruby>では、<ruby>新<rt>しん</rt>製<rt>せい</rt>品<rt>ひん</rt></ruby>を<ruby>発<rt>はつ</rt>売<rt>ばい</rt></ruby>することとなりました。

<ruby>詳<rt>しょう</rt>細<rt>さい</rt></ruby>はこちらをご<ruby>覧<rt>らん</rt></ruby>ください。

そこで、まずは<ruby>皆<rt>みな</rt>様<rt>さま</rt></ruby>に<ruby>新<rt>しん</rt>製<rt>せい</rt>品<rt>ひん</rt></ruby>について、ご<ruby>意<rt>い</rt>見<rt>けん</rt></ruby>を<ruby>伺<rt>うかが</rt></ruby>いしたいのですが。

<ruby>取<rt>とり</rt>引<rt>ひき</rt>先<rt>さき</rt></ruby>:　<ruby>新<rt>しん</rt>製<rt>せい</rt>品<rt>ひん</rt></ruby>の<ruby>特<rt>とく</rt>徴<rt>ちょう</rt></ruby>はなんですか？

<ruby>訪<rt>ほう</rt>客<rt>きゃく</rt></ruby>:　はい、<ruby>今<rt>こん</rt>回<rt>かい</rt></ruby>の<ruby>新<rt>しん</rt>製<rt>せい</rt>品<rt>ひん</rt></ruby>の<ruby>特<rt>とく</rt>徴<rt>ちょう</rt></ruby>は<ruby>軽<rt>かる</rt></ruby>いということです。

<ruby>新<rt>あたら</rt></ruby>しい<ruby>単<rt>たん</rt>語<rt>ご</rt></ruby>

<ruby>度<rt>たび</rt></ruby> 次、回、度　　　<ruby>発<rt>はつ</rt>売<rt>ばい</rt></ruby> 開賣　　　<ruby>詳<rt>しょう</rt>細<rt>さい</rt></ruby> 詳細

<ruby>意<rt>い</rt>見<rt>けん</rt></ruby> 意見　　　<ruby>伺<rt>うかが</rt></ruby>う 聆聽、詢問（謙讓語）　　　<ruby>特<rt>とく</rt>徴<rt>ちょう</rt></ruby> 特徵

取引先： なるほど。素材は何ですか？

訪客： 新素材を採用しているので、伸縮性と通気性に優れています。こちらがサンプルです。

取引先： 肌触りもよく、快適でいいですね。
しかし、デザインを変える必要がありますね。
デザインに未来的なイメージを与えた方がいいと思いますが。

訪客： はい、貴重なご意見、誠にありがとうございます。
参考とさせていただきます。

新しい単語

なるほど 確實、果然	素材 素材	採用 採用
伸縮性 彈性	通気性 透氣性	優れる 卓越、優秀的
快適 舒適	肌触り 觸感	未来的 未來的　貴重 寶貴的
誠に 實在、非常	参考 參考	

83

② 基本文型

1) ～伺いしたいのです。想去問問（看望）……。

用於想拜訪顧客或長輩，或是想知道對方的情況時

- 伺いしたいのですが、お時間よろしいでしょうか？
- ３時に伺いしたいのですが、ご都合いかがでしょうか？
- 日程をお伺いしたいのですが、よろしいでしょうか？

2) ～ということです。這表示……、這意味著……。

講解專業、背景和意圖等時使用，特別是客觀呈現事物的情境

- 注目して見ているということです。
- 少しずつそうなったということです。
- 何事も経験が必要だということです。

新しい単語

都合 情況、狀況　　注目 注目　　経験 經驗　　必要 必要

3 ビジネス情報「仕事上の言葉遣いの基本」

1) 依頼する時

- 恐れ入りますがお名前を教えていただけますか?
- お手数ですがよろしくお願いいたします。
- お願いできますでしょうか?

2) 同意する時

- はい、かしこまりました。
- 承知いたしました。

3) ことわる時

- お断り申しあげます。
- ご遠慮申し上げます。

新しい単語

言葉遣い 說法、措詞　　依頼 委託　　手数 麻煩、費事

断り 拒絶　　遠慮 謝絕

4) 謝罪する時

- 申し訳ございません。

- 失礼いたしました。

- ご迷惑をおかけいたしました。

5) お礼を述べる時

- ありがとうございます。

- 恐れ入ります。

6) お見送りの時

- お気をつけてお帰りください。

- またどうぞお越し下さいませ。

- これからもどうぞお立ちより下さい。

新しい単語

謝罪 謝罪　　　　迷惑 打擾、麻煩　　　　見送り 送別

越す 來、去（尊敬表現）　　立ちよる 順路到

1. 請用日語寫出下列單字。
（包含漢字、平假名、片假名）

(1) 樣品：

(2) 素材：

(3) 彈性：

(4) 透氣性：

(5) 觸感：

(6) 狀況、情況：

2. 請將下列句子翻譯成中文。

(1) ご意見を伺いしたいのですが。
〔い〕〔けん〕　〔うかが〕

———————————————————————————

(2) 今回の新製品の特徴は軽いということです。
〔こんかい〕　〔しんせいひん〕　〔とくちょう〕　〔かる〕

———————————————————————————

(3) 肌触りもよく、快適でいいですね。

_____

(4) 貴重なご意見、誠にありがとうございました。

_____

(5) 伺いしたいのですが、お時間よろしいでしょうか？

_____

3. 請將下列句子翻譯成日文。

(1) 很抱歉給您帶來不便，但感謝您的合作。

_____

(2) 恕我拒絕。

_____

(3) 給您添麻煩了。

———————————————————————————————————

(4) 回去路上請小心。

———————————————————————————————————

(5) 歡迎再次光臨。

———————————————————————————————————

MEMO

THEME

IV

売り場で

在賣場

商品の
お問い合わせ

しょうひん
と　あ

詢問商品

1　商品のお問い合わせ
詢問商品

1　会話「商品がある時」

職員：　いらっしゃいませ。何かお探しでしょうか？

顧客：　ちょっとそのお土産セット、見せてもらえますか？

職員：　こちらでよろしいでしょうか？

顧客：　ええ、それです。

職員：　はい、どうぞ。

新しい単語

商品 商品　　　　　お問い合わせ 詢問　　　　探す 尋找

お土産 特産

② **会話「商品がない時」**

職員: いらっしゃいませ。何かお探しでしょうか?

顧客: イニスフリーのミネラルパウダー、ありますか?

職員: 申し訳ございません。

イニスフリーのミネラルパウダーはただいま切

らしております。

お取り寄せいたしましょうか?

顧客: そうですか? 今日しか時間がないから、結構です。

職員: さようでございますか。

お役に立てなくて申し訳ございません。

新しい単語

切らす 售罄

結構 很好、足夠

役に立つ 有用、有幫助

取り寄せる 訂購、索取、令……送來

さようでございますか 這樣啊

3 基本文型

1) ～見せてもらえますか？能讓我看一下……嗎？

向對方求得某個許可

- メニューを見せてもらえますか？
- よろしければ見せてもらえますか？
- サンプルを見せてもらえますか？

2) ～よろしいでしょうか？……沒關係嗎？

……也可以嗎？

用於取得或確認許可時

- お時間いただいてもよろしいでしょうか？
- お名前を伺ってもよろしいでしょうか？
- こちらの資料でよろしいでしょうか？

新しい単語

メニュー 菜單　　サンプル 樣品　　伺う 詢問、聆聽　　資料 資料

3) ～切らしております。……都沒了。

謙遜地表達沒有物品的狀態

- ただいま在庫を切らしております。
- 千円札を切らしております。
- あいにく名刺を切らしておりますので、後日お渡しいたします。

4) ～申し訳ございません。非常抱歉……。

強調沒有辯解餘地的愧疚感，並鄭重地道歉

- ご迷惑をおかけし、誠に申し訳ございません。
- お手数をおかけして申し訳ございません。
- 遅刻してしまい、申し訳ございません。

新しい単語

在庫 庫存	札 紙鈔	誠に 真的、真是、真心
遅刻 遅到	迷惑 打擾、麻煩	手数 麻煩、費事

④ ビジネス情報「あらたまった表現」

意味（いみ）	普通（ふつう）の表現（ひょうげん）	あらたまった表現（ひょうげん）
今天	今日（きょう）	本日（ほんじつ）
昨天	昨日（きのう）	昨日（さくじつ）
明天	明日（あした）	明日（あす）・明日（みょうにち）
今年	今年（ことし）	本年（ほんねん）
現在	いま	ただいま
上次、前幾天	このあいだ	先日（せんじつ）
剛剛、不久前	さっき	先程（さきほど）
待會、隨後	あとで	後程（のちほど）
這邊、這裡	こっち （そっち、あっち）	こちら （そちら、あちら）
哪裡、哪個	どっち・どこ・ どれ	どちら
誰	だれ	どなた・どちら様（さま）
真是、真的	ほんとうに	誠（まこと）に
非常、十分、很	すごく	大変（たいへん）

じつりょく
実力チェック

1. 請用日語寫出下列單字。
（包含漢字、平假名、片假名）

(1) 詢問：   (2) 特產：

(3) 訂購：   (4) 有幫助：

(5) 資料：   (6) 庫存：

2. 請將下列句子翻譯成中文。

(1) 何かお探しでしょうか？

—————————————————————————

(2) ただいま切らしております。

—————————————————————————

(3) お取り寄せいたしましょうか？

_____

(4) お役に立てなくて申し訳ございません。

_____

(5) ご迷惑をおかけし、誠に申し訳ございません。

_____

3. 請將下列句子翻譯成日文。

(1) 麻煩您了眞對不起。

_____

(2) 一千日圓紙鈔都用完了。

_____

(3) 我可以佔用您一些時間嗎?

＿＿＿＿＿＿＿＿＿＿＿＿＿＿＿＿＿＿＿＿＿＿＿＿

(4) 如果方便的話能讓我看看嗎?

＿＿＿＿＿＿＿＿＿＿＿＿＿＿＿＿＿＿＿＿＿＿＿＿

(5) 抱歉我遲到了。

＿＿＿＿＿＿＿＿＿＿＿＿＿＿＿＿＿＿＿＿＿＿＿＿

MEMO

色・柄・サイズ

いろ　がら

顔色、圖案、尺寸

色・柄・サイズ
（いろ・がら・サイズ）
顔色、圖案、尺寸

① 会話（かいわ）

職員（しょくいん）： いらっしゃいませ。何（なに）かお探（さが）しでしょうか？

顧客（こきゃく）： ハイネックワンピース、ありますか？

職員（しょくいん）： はい、ございます。どんな色（いろ）がお好（す）きですか？

顧客（こきゃく）： ベージュ系統（けいとう）が好（す）きですが。

職員（しょくいん）： ベージュのこちらの柄（がら）などはいかがですか？

新しい単語（あたらしいたんご）

色（いろ） 顔色　　　サイズ 尺寸　　　ハイネックワンピース 高領連身裙

ベージュ 米色　　系統（けいとう） 系統、體系

顧客：　そうですね、ちょっと派手じゃありませんか？

職員：　そうですか？　そうは見えませんよ。お客様がお召しになると、とても華やかでよくお似合いです。

顧客：　そうですか。
　　　　でも、やっぱりもっとシンプルなのがいいんですけど。

職員：　さようでございますか。
　　　　では、こちらの柄はいかがでしょうか？

顧客：　ああ、それがいいですね。それにします。

職員：　サイズはおいくつですか？

新しい単語

派手だ 花俏的　　　お召しになる 穿（尊敬語）　　　華やかだ 華麗的

似合う 合適

顧客：　サイズはちょっとわかりません。

職員：　そうですか。お測りいたしましょうか？

顧客：　ええ、お願いします。

職員：　Mサイズですね。
　　　　ええと、これがMサイズです。

顧客：　試着してもいいですか？

職員：　はい、お客様、試着室はこちらです。
　　　　どうぞ、こちらへ。

顧客：　はい、どうも。

新しい単語

測る　量（尺寸）

試着　試穿

試着室　試衣間

2 基本文型

1) ~いかがですか？……如何？

鄭重向對方提議或勸說時使用

- お客様、お飲み物はいかがですか？
- ご都合はいかがですか？
- ご気分はいかがですか？

2) ~お召しになる 穿……

穿衣服「着る」的敬語

- ドレスはこちらでお召しになってください。
- 着物をお召しになっていらっしゃる。
- 華やかなお召し物がよくお似合いですね。

新しい単語

飲み物 飲料　　都合 情況、狀況　　気分 心情　　着物 衣服、和服

お召し物 衣服　　似合う 合身、適合

3) ～おいくつですか？您的……是多少？

詢問年齡、身高、尺寸時使用

- 身長はおいくつですか？
- 失礼ですが、お年はおいくつですか。
- 洋服のサイズはおいくつですか。

新しい単語

身長 身高　　　　　　　お年 年齡、年紀　　　　　　洋服 西服

3 ビジネス情報「色・柄・サイズ」

色（顏色）			
白色	白＝ホワイト	黑色	黒＝ブラック
藍色	青＝ブルー	紅色	赤＝レッド
黃色	黄色＝イエロー	綠色	緑＝グリーン
棕色	茶色＝ブラウン	紫色	紫＝パープル
淡藍色	水色→空色	原色	原色
金色	金色＝ゴールド	銀色	銀色＝シルバー
米白色	ベージュ	柔和色	パステルカラー

柄・模様（圖案）			
圖案	柄＝模様	形狀、外形	形＝格好
條紋	縞模様	圓點圖案	水玉模様
素色	無地	方格花紋	チェック
花紋	花柄	條紋	ストライプ
將圖案僅放在衣服的一處的設計	ワンポイント	風格	スタイル

109

サイズ					
婦人服・レディース					
サイズ	S エス スモール	M エム ミディアム	L エル ラージ	LL エルエル	XL エクストラ ラージ
日本	7・S	9・M	11・L	13・LL	15・XL
紳士服・メンズ					
日本	36・S	38・M	40・L	42・LL	44・XL
女性用の靴 cm：センチメートル					
台湾	67	68	69	70	71
日本	22.5cm	23cm	23.5cm	24cm	24.5cm
男性用の靴					
台湾	78	79	80	81	82
日本	25cm	25.5cm	26cm	26.5cm	27cm

1. 請用日語寫出下列單字。
（包含漢字、平假名、片假名）

(1) 圖案：

(2) 系統、體系：

(3) 試衣間：

(4) 量（測量）：

(5) 情況、狀況：

(6) 心情：

2. 請將下列句子翻譯成中文。

(1) どんな色がお好きですか？

——————————————————————————

(2) ベージュのこちらの柄などはいかがですか？

——————————————————————————

(3) お客様がお召しになると、とても華やかでよくお似合いです。

———————————————————————

(4) さようでございますか？

———————————————————————

(5) お測りいたしましょうか？

———————————————————————

3. 請將下列句子翻譯成日文。

(1) 請問您想要（喜歡）什麼顏色？

———————————————————————

(2) 您的尺寸是多少？

———————————————————————

(3) 可以試穿嗎？

_____

(4) 您（時間上）方便嗎？

_____

(5) 洋裝請到這邊試穿。

_____

MEMO

支払い方法

しはら ほうほう

付款方式

支払い方法
付款方式

---

① 会話

職員： いらっしゃいませ。何かお探しでしょうか？

顧客： ショルダーバッグを買いたいんですが。

職員： ご自分で使われますか？

顧客： はい、そうです。

職員： こちらのミニバッグはいかがですか？
今年、流行しているスタイルでございます。

新しい単語

現金 現金　　　　　　支払う 支付　　　　　ショルダーバッグ 肩背包

自分 自己　　　　　　流行 流行

116

顧客: かわいいですね。色は何色がありますか？

職員: ブラック、ブラウン、レッド、紺色などがあります。

顧客: ブラックの方がいいですね。材質は何ですか？

職員: このバッグは牛革ですので、とても丈夫です。

顧客: なるほど。じゃあ、それ、お願いします。
おいくらですか？

職員: ありがとうございます。12,000円でございます。
お支払いはどうなさいますか？

顧客: ああ、カードで。

新しい単語

ブラック 黒色　　ブラウン 棕色　　レッド 紅色　　紺色 藏青色

材質 材質　　牛革 牛皮

職員：　分割払いになさいますか？
　　　　３回までは無利息ですが。

顧客：　いや、一括払いにしてください。

職員：　かしこまりました。少々お待ち下さいませ。

　　　　・・・・・・・・・

　　　　お待たせしました。カードをお返しします。
　　　　金額をご確認の上、サインをお願いします。

顧客：　はい、確かに。どうも。

職員：　こちらはレシートと商品でございます。
　　　　ありがとうございました。
　　　　またどうぞお越し下さいませ。

新しい単語

分割払い 分期付款　　　**無利息** 免利息　　　**一括払い** 一次付清　　　**金額** 金額

確認 確認　　　**サイン** 簽名　　　**レシート** 發票

(2) 基本文型
きほんぶんけい

1) ~ どうなさいますか？您希望怎麼做……？

在尋求對方判斷，或想聽取對方期望時使用

「どうしますか」的敬語

- お飲み物はどうなさいますか？
- この後、どうなさいますか。
- 包装はどうなさいますか？

2) ~ ご確認の上　確認……後

有「確認○○後請幫我＊＊」的意思

- 賞味期間をご確認の上、ご注文下さい。
- 契約内容をよくご確認の上、ご署名下さい。
- 品物の内容と数量をご確認の上、サインをお願いします。

新しい単語
あたらしいたんご

飲み物 飲料	包装 包裝	賞味期間 賞味期限	注文 訂購
契約内容 契約內容	署名 簽名	品物 物品	数量 數量

3)　　～お越しください（ませ）。請過來……。

「来る」的尊敬用法，帶有「来てください」的敬意

- タイムセールを実施しますので、是非当店へお越しください。
- 本日はお忙しい中、お越しくださいましてありがとうございます。
- お気をつけてお越しください。

新しい単語

タイムセール 限時折扣　　実施 實施　　是非 一定　　当店 本店

本日 今天　　　　忙しい 忙碌的　　気をつける 小心、注意

120

③ ビジネス情報「 会話の基本 」

1) 聞き取りやすい

はっきりした発音、適度な早さ。

2) わかりやすい

相手が理解できる言葉。専門用語や略語は控え目
に。

3) 相手の反応に合わせる

理解の度合いを確認。質問や内容を繰り返す。

4) 穏やかな 表 情

話し方と 調 和した 表 情。

新しい単語

聞き取り 聽懂、聽取	発音 發音	適度 適當、適度	理解 理解
専門用語 專業用詞	略 語 縮說語	控え目 客氣、謹慎	
反応 反應	合わせる 配合	繰り返す 反覆	度合い 程度
穏やかだ 溫和的	話し方 說法	調 和 協調	表 情 表情

5)　正しい言葉遣い

　　適切な敬語・謙譲語を使う。

　　仲間言葉や流行語は避ける。

6)　好感が持てる態度

　　折り目正しさ、さわやかさ。

7)　本音での話

　　事実・本心をありのままに。脚色・作為はしない。

8)　多用な話題性

　　内容の充実した話題。自慢話はしない。

新しい単語

敬語 敬語	謙譲語 謙讓語	使う 使用	仲間 同事、朋友
流行語 流行語	避ける 避免	好感 好感	態度 態度
折り目 規矩	さわやかさ 清爽		本音 眞心話
本心 眞心	ありのまま 照原樣		脚色 編造
作為 做作	多用 常用、大量使用		話題性 話題性
充実 充實	自慢話 吹牛		

1. 請用日語寫出下列單字。
（包含漢字、平假名、片假名）

(1) 分期付款：   (2) 支付：

(3) 流行：   (4) 材質：

(5) 收據：   (6) 一次付清：

2. 請將下列句子翻譯成中文。

(1) ご自分で使われますか？

——————————————————————————————

(2) このバッグは牛革ですので、とても丈夫です。

——————————————————————————————

(3) お支払いはどうなさいますか？

_____

(4) 分割払いになさいますか？３回までは無利息ですが。

_____

(5) 包装はどうなさいますか？

_____

3. 請將下列句子翻譯成日文。

(1) 這個迷你包包如何？

_____

(2) 我要一次付清。

_____

(3) 請確認賞味期限後再訂購。

_____

(4) 您飲料要喝什麼？

_____

(5) 謝謝您今天在百忙之中抽空前來。

_____

MEMO

セール

減價銷售

セール
減價銷售

① 会話（かいわ）

職員（しょくいん）: いらっしゃいませ。何（なに）かお探（さが）しでしょうか？

顧客（こきゃく）: お土産（みやげ）を買（か）いたいんですが、いい物（もの）でもありますか？

職員（しょくいん）: このハニーバターアーモンド、ハニーバターチップスなどはいかがですか？ただいま、セール期間中（きかんちゅう）ですので、半額（はんがく）で提供（ていきょう）しております。

顧客（こきゃく）: なるほど。じゃあ、これとこれ、それから、それをください。

新（あたら）しい単語（たんご）

セール 銷售、減價銷售　　期間中（きかんちゅう） 期間　　半額（はんがく） 半價　　提供（ていきょう） 提供

職員： ありがとうございます。お会計はこちらへどうぞ。

顧客： はい、全部でいくらですか？

職員： ありがとうございます。全部で 5,200 円になり
ます。

顧客： はい、10,000 円。

職員： 10,000円、お預かりします。少々 お待ちください。

・・・・・・・・

お待たせしました。 4,800 円のお返しです。
レシートとお釣りをご確認ください。

顧客： はい、確かに。どうも。

職員： どうもありがとうございました。
また、どうぞお越し下さいませ。

新しい単語

会計 結帳 　　　 **全部** 全部 　　　 ちょうど 正好、剛好

越す 來、去（尊敬表現）

129

② 基本文型

1) ~ ております。正在……。

「おります」是「いる」的謙讓語，是「おる」的叮嚀用法

- いつもお世話になっております。
- ご無沙汰しております。
- あいにく課長は別の電話に出ております。

2) ~ お預かりします。收您……、我來保管……。

收錢的意思，表達將顧客遞過來的錢保管到將錢找給顧客為止。請注意不可使用過去式

- 1万円、お預かりします。
- 貴重品はこちらのボックスでお預かりします。
- 一時、お預かりします。

新しい単語

無沙汰 久疏問候	貴重品 貴重物品

3) ～お返^{かえ}しです。 這是（找您的錢）、給您（找零）。

- 領収書^{りょうしゅうしょ}のお返^{かえ}しです。
- おつりのお返^{かえ}しです。
- カードとレシートのお返^{かえ}しです。

領収書^{りょうしゅうしょ} 收據　　　　レシート 發票

③ ビジネス情報「流通関係の仕事」

1) 販売スタッフ

店舗で直接顧客に接しながら商品を販売したり、サービスを提供します。顧客とのコミュニケーションによりファンを増やしたりニーズをつかんだりするのも重要な仕事の一つとなります。

2) MD(マーチャンダイザー)

商品開発から販売管理、予算管理など、トータルに商品計画を決定し、管理する責任者です。市場調査などをもとに、世の中の動きをとらえ、時流に乗った売れ筋商品を開発するのが仕事です。

新しい単語

流通 （貨幣、商品）流通　関係 關係　仕事 工作　店舗 店鋪

スタッフ 工作人員　直接 直接　コミュニケーション 溝通

開発 開發　予算管理 預算管理　トータル 合計　責任者 負責人

市場調査 市場調查　時流 時代的潮流　売れ筋 熱銷商品

3)　店長

　　商品の受発注から、在庫・売上管理、アルバイト
も対象に含む教育まで店舗の運営・経営を取り仕
切ります。

4)　バイヤー

　　店舗に並べる商品の仕入れ担当者です。ニーズに
合った商品を必要な量だけ仕入れ、在庫がだぶつ
くことなく、効率良く売れる仕掛けをします。

5)　スーパーバイザー

　　フランチャイズチェーンの本部のスタッフとし
て、加盟店に店舗経営に関する指導を行う仕事で
す。

新しい単語

受発注 接單和下單	在庫 庫存	教育 教育
運営 運作	経営 經營	取り仕切る 全權處理
仕入れ 購入	ニーズ 需要	効率 効率	仕掛け 手法
加盟店 加盟店	指導 指導	

1. 請用日語寫出下列單字。
（包含漢字、平假名、片假名）

(1) 減價銷售：　　　　　　　　　(2) 半價：

(3) 提供：　　　　　　　　　　　(4) 期間：

(5) 結帳：　　　　　　　　　　　(6) 找零：

2. 請將下列句子翻譯成中文。

(1) お土産を買いたいんですが、いい物でもありますか？

———————————————————————————————

(2) セール期間中ですので、半額で提供しております。

———————————————————————————————

(3) お会計はこちらへどうぞ。
かいけい

_____

(4) 全部で五千円になります。
ぜん ぶ   ご せんえん

_____

(5) レシートとお釣りをご確認ください。
っ   かくにん

_____

3. 請將下列句子翻譯成日文。

(1) 歡迎再次光臨。

_____

(2) 久疏問候。

_____

(3) 本店正在實施限時折扣，請務必光臨。

――――――――――――――――――――――――――――

(4) 碰巧課長正在接其他電話。

――――――――――――――――――――――――――――

(5) 貴重物品幫您放在這邊的箱子裡保管。

――――――――――――――――――――――――――――

サービスカウンターで

在服務櫃台

SCENE
1

ほうそう
包装
包装

ほうそう
包装
包裝

1 会話 (かいわ)

職員(しょくいん)：　いらっしゃいませ。

顧客(こきゃく)：　こんにちは。これ、プレゼント用(よう)に包装(ほうそう)してもらえますか？

職員(しょくいん)：　はい、かしこまりました。

顧客(こきゃく)：　それと、リボンも付(つ)けてください。

職員(しょくいん)：　リボンは有料(ゆうりょう)なんですが、よろしいでしょうか？

新しい単語 (あたらしいたんご)

プレゼント 禮物　　包装(ほうそう) 包裝　　付(つ)ける 附加、添上　　有料(ゆうりょう) 收費

顧客： いくらですか？

職員： 50円です。

顧客： じゃ、お願いします。

職員： リボンは何色になさいますか？

顧客： 赤色にしてください。

職員： はい、かしこまりました。

顧客： あと、それ、買い物袋に入れてもらえますか？

職員： 買い物袋も十円かかりますが、よろしいでしょうか？

顧客： ええ、構いません。

職員： かしこまりました。少々お待ちください。

新しい単語

買い物袋 購物袋　　　　構う 介意

② 基本文型 _{き ほん ぶん けい}

1)　～てもらえますか？您能幫我（做）……嗎？

在傳達自身要求的同時，以提問的方式聽取對方意願

- 商品を交換してもらえますか？
- 配達してもらえますか？
- これをすぐに直してもらえますか？

2)　～かかります。需要、花費……。

需要日期、時間、費用等的意思

- 返金の手続きには、一週間ほどかかります。
- 通勤時間は1時間ぐらいかかります。
- 別途送料が600円かかります。

新しい単語 _{あたら たん ご}

商品 商品	交換 交換	配達 配送	直す 修理、改正
返金 退款	手続き 手續	通勤 通勤	
別途送料 額外運費			

3) ～構_{かま}いません。……沒關係。

具有「關心」或「應對」之意的「構_{かま}う」的否定形

「構_{かま}わない」的叮嚀用法

在商務場合、對長輩或客戶使用是失禮的，應使用「差し支_{さ つか}えありません」

- 何時_{なん じ}でも構_{かま}いません。
- 電話_{でん わ}・メールのどちらでも構_{かま}いません。
- いくらかかっても構_{かま}いません。

新しい単語_{あたら}_{たん ご}

差し支え_{さ つか} 有事情、不方便、障礙

③　ビジネス情報「免税店」

1)　「保税免税店 -DUTY FREE SHOP」は、空港で見かけることが多いです。

それに比べ、百貨店や商店街に掲げられている免税店という表記は、すべて「TAX FREE SHOP」と書いてあります。

「DUTY FREE」は、外国製品を日本に輸入する際に課せられる関税を免除することを指します。

そのため、たばこ税、酒税、関税といった税金もここに含まれることとなります。

新しい単語

保税免税店 保税免税店	空港 機場	比べる 比較
百貨店 百貨公司	商店街 商店街	掲げる 掛	表記 表面記載
外国 國外	輸入 進口	際 時候	課 課（稅）
関税 關稅	免除 免除	指す 指向	たばこ税 菸草稅
酒税 酒稅			

2) 「消費税免税店 -TAX FREE」は、日本国内で消費されるものに課される税金を免除することを指します。

つまり、日本国内で消費せずに国外に持ち帰ることができるもの全てが免税対象です。

じつりょく
実力チェック

1. 請用日語寫出下列單字。
（包含漢字、平假名、片假名）

(1) 購物袋：　　　　　　　　　(2) 包裝：

(3) 收費：　　　　　　　　　　(4) 通話：

(5) 費用：　　　　　　　　　　(6) 配送：

2. 請將下列句子翻譯成中文。

(1) これ、プレゼント用（よう）に包装（ほうそう）してもらえますか。

――――――――――――――――――――――――――――

(2) リボンも付（つ）けてください。

――――――――――――――――――――――――――――

146

(3) 買い物袋に入れてもらえますか。

————————————————————————————

(4) 買い物袋も十円かかりますが、よろしいでしょうか。

————————————————————————————

(5) かしこまりました。少々お待ちください。

————————————————————————————

3. 請將下列句子翻譯成日文。

(1) 能幫我換貨嗎？

————————————————————————————

(2) 幾點都可以。

————————————————————————————

(3) 能幫我配送嗎？

_____

(4) 電話、郵件都可以。

_____

(5) 需付 600 日圓的額外運費。

_____

免税手続き

めんぜい て つづ

免税手續

免税手続き
免税手續

---

① 会話

職員：　いらっしゃいませ。

顧客：　免税をお願いしたいんですが。

職員：　はい、お買い上げの商品と領収書、それから
　　　　お客様のパスポートの提示が必要です。

顧客：　はい、商品と領収書、パスポートです。

職員：　はい、少々お待ち下さい。

　　　　・・・・・・・・・・

新しい単語

免税 免税　　　　買い上げ 收購、買來的東西　　　パスポート 護照

提示 出示　　　　必要 必要

職員： 大変、お待たせしました。
合計が 16,200 円ですので、消費税 1,620 円を
現金でお返しいたします。

顧客： はい、どうも。

職員： ここにサインをお願いします。

顧客： わかりました。
はい、どうぞ。

職員： はい、こちら、1,620 円とパスポート、お買い上
げの商品でございます。
パスポートに貼られた紙は出国時税関にお渡しく
ださい。

顧客： はい、わかりました。ありがとうございます。

職員： どうも、ありがとうございました。

新しい単語

貼る 黏貼　　紙 紙張　　出国 出國　　税関 海關

渡す 遞交

151

② 基本文型

1)　~提示が必要です。需出示……。

- 購入時に運転免許書の提示が必要です。
- 児童手当等の手続きにマイナンバー（個人番号）の提示が必要です。
- チェックイン時に身分証明書の提示が必要です。

2)　~お渡しください。請給我、請遞交……。

- こちらのデータをお渡しください。
- こちらをフロントまでお渡しください。
- こちらの書類を、入国審査官にお渡しください。

新しい単語

購入時 購買時　　　　**運転免許書** 駕照　　　　**児童手当** 兒童補助

手続き 手續、程序　　**個人番号** 個人番號　　**身分証明書** 身分證

書類 文件　　　　　　**入国審査官** 入境審查官

3 ビジネス情報「カタカナのビジネス用語 10 選」

1) アサイン assign

「任命する・割り当てる」という意味。

「プロジェクトにアサインされた」というのは「プロジェクトの一員に任命された」という意味になります。

2) アジェンダ agenda

「検討課題・議題」という意味。

「本日のアジェンダ」という言葉なら、「本日の会議やセミナーなどの議題」という意味になります。

新しい単語

任命する 任命	割り当てる 分派、分配
プロジェクト 計畫	検討課題 討論課題
議題 議題	会議 會議 セミナー 研討會

3)　エビデンス evidence

「 証拠、根拠 」という意味。

調査結果や証明書、画像など幅広い形式で、証拠となるデータを示すものが含まれます。「 次の打ち合わせでは、エビデンスをきちんと残しておいて」という言葉なら、「 次の打ち合わせでは、内容をきちんと証拠として記録しておいて」という意味になります。

4)　タスク task

「 職務・やるべきこと」という意味。

「 今日のタスクは書類作成とプレゼンテーション」という言葉なら、「 今日やるべき仕事は書類作成とプレゼンテーション」という意味になります。

新しい単語

証拠 證據	根拠 根據	調査 調査	結果 結果
証明書 證明書	画像 畫像	幅広い 廣泛的	形式 形式
示す 出示	含む 包含	打ち合わせ 商量	

154

5) ナレッジ knowledge

「知識」という意味。

「会議でナレッジを共有しよう」という言葉なら、

「会議で知識を共有しよう」という意味になります。

6) フィックス fix

「最終決定」という意味。

「この内容でフィックスしていいですか？」という

言葉なら、「この内容で最終決定としていいです

か？」という意味になります。

新しい単語

知識 知識　　　共有 共享　　　最終 最終　　　決定 決定

7) フェーズ phase

「局面・段階」という意味。

「プロジェクトが次のフェーズに入りました」という言葉なら、「プロジェクトが次の段階に入りました」という意味になります。

8) MTG meeting

「会議・ミーティング」という意味。

「本日午後3時から MTG を開きます」という文章なら、「本日午後3時から会議を開きます」という意味になります。

新しい単語

局面 局面　　段階 階段　　開く 打開、開始　　文章 文章

156

9) アサップ ASAP(as soon as possible)

「できるだけ早く」という意味。

「先日に頼んだ書類ですが、アサップで作ってください」という言葉なら、「先日に頼んだ書類ですが、できるだけ早く作ってください」という意味になります。

10) KPI

「重要業績評価指標＝Key Performance Indicator」の略。

目標を実現するためのプロセスが適切に実行されているかを示すものです。最終的な目標に向けて「今どのくらいまで進められているのか」を中間で理解する指標とも言えます。

新しい単語

重要 重要	業績 業績	評価 評價	指標 指標
略 略（縮略語、省略）	目標 目標	実現 實現	
プロセス 過程	適切 通當	実行 執行	

実力チェック
じつりょく

1. 請用日語寫出下列單字。
（包含漢字、平假名、片假名）

(1) 免稅：

(2) 收據：

(3) 護照：

(4) 消費稅：

(5) 出國：

(6) 海關：

2. 請將下列句子翻譯成中文。

(1) 免税をお願いしたいんですが。
　　めんぜい　　ねが

——————————————————————————

(2) お買い上げの商品と領収書、それからお客様のパス
　　か　あ　　　しょうひん　りょうしゅうしょ　　　　　　きゃくさま
　ポートの提示が必要です。
　　　　ていじ　ひつよう

——————————————————————————

(3) 消費税 1,620 円を現金でお返しいたします。

_____

(4) ここにサインをお願いします。

_____

(5) パスポートに貼られた紙は出国時税関にお渡しください。

_____

3. 請將下列句子翻譯成日文。

(1) 這是商品、收據和護照。

_____

(2) 久等了。

_____

(3) 購買時需出示駕照。

————————————————————————————————

(4) 請把這個轉交給前台。

————————————————————————————————

(5) 辦理入住時需出示身分證。

————————————————————————————————

附錄

會話翻譯 & 測驗解答

會 話 翻 譯

THEME 1　進入公司

► SCENE 1 求職面試

◉ 會話

面試官：　請進。（進入房間）

面試者：　打擾了。我是國際大學日本商業系的韓國人，請多多指教。

面試官：　請坐。

面試者：　打擾了。

面試官：　請簡單自我介紹一下。

面試者：　好的，我在大學主修日本商務，尤其對流通服務很感興趣，所以持續研究。課外則在便利商店打工，負責銷售服務活動。

面試官：　我了解了，你的優點和缺點是什麼？

面試者：　是的，我的優點是很積極。在學校或打工時，除了被分配的工作以外，我會思考自己能做什麼，並率先去做。我的缺點是愛講道理。我和某位成員就是因為這樣，所以關係變得很差。雖然後來和好了，但是為了改善自己好講理的這個缺點，我開始注意不能只顧合理，也必須顧及對方的立場和想法。

面試官： 原來如此。最後一個問題，你的志願動機是什麼？

面試者： 是的，我認爲貴公司的銷售服務業務與我在大學所從事的研究一致，志望可以最大限度地發揮我的優點。

面試官： 好的，我知道了。今天的面試到這裡，辛苦了。

面試者： 好的，今天非常感謝您。我先離開了。(離開房間)

◉ 基本文法

1) お / ご～ください。請……。
   - 請入座。
   - 請在這裡休息。
   - 請注意(小心)。

2) ～と申します。我是……。
   - 初次見面，我叫松本潤。
   - 我是韓日商務銷售部的韓國人。
   - 初次拜見。我叫 ***。(自己的名字)

3) ～致します。我來幫忙做……。
   - 請多多指教。
   - 我幫您送過去。
   - 我來告訴您。

4) ～参りました。來……。
   - 我來自日本。
   - 我來迎接／我來接您了。
   - 我回來了。

5) ～ように心掛けています。留心(注意)……。
   - 留心不要忘記。
   - 留心每天都要學習。
   - 最近，有在注意早睡早起。

6) ~ 様^{さま}でした。做過……了。

- 謝謝您的款待。
- 麻煩您了。（謝謝您的照顧。）
- 粗茶淡飯，不成敬意。

◉ 商業常識「僱用資訊、優點和缺點」

1) 職務種類

行政、管理：　總務、人事、會計、一般行政、秘書

銷售、服務：　銷售人員、管理階層（主管、管理者）、買方、導遊、飯店工作人員、機場旅客服務、客艙空服員

專業領域：　翻譯、口譯、教師

其他：　自由業者

2) 僱用型態：正式員工、約聘員工、派遣員工、打工、兼職人員

3) 企業的僱用條件：公司需要的理想人才

4) 福利：健康保險、厚生年金保險、勞工保險、職災保險、工作津貼

優點	缺點
領導能力	固執
溝通能力	好管閒事
協調性	耳根子軟
有彈性	優柔寡斷
調節能力	控制欲強、愛當老大
行動力	做事沒有計劃

積極的	自我主張強烈
獨立的	武斷
忍耐力	不善放棄、容易執著
勤奮	容易埋頭苦幹
責任感	輕易攬下一切
正向思考	太過樂觀／漫不經心
做事有計劃	愛操心
一絲不苟	神經質的
邏輯性的	好講理的

► SCENE 2 第一天上班

◉ 會話

課長：　　不好意思打擾大家幾分鐘，這是今天開始來到銷售部和大家一起工作的韓國人。韓先生，請簡單介紹一下自己。

新員工：　好的。大家早上好，我是這次被分配到銷售部的韓國人。大學時主修日本商業，但是我還有很多不熟練的地方，所以還在學習。興趣是騎自行車和旅行，如果有興趣相同的人還請告訴我。在工作上我會努力儘快熟悉，請大家多多關照。

全體員工：　請多指教。

課長：　　韓先生會先學一週左右的一般行政技能後再到賣場工作。

新員工：　好的，我知道了。

◉ 基本文法

1) 　〜ことになる。將會……。
   - 從今天起會在銷售部一起工作。
   - 下週將去日本出差。
   - 因爲新冠肺炎這個月在家工作。

*　　〜こととなる。會……。
   - 今天會結束服務。
   - 這次敝公司會搬遷到以下(地址)。
   - 本院也開始提供線上看診。

2) 　〜いらっしゃいましたら、如果(有)……
   - 醫生來了之後請告知您的姓名並站起來。
   - 如果有人知道的話請告訴我。
   - 如果葉島先生來了，請聯繫櫃台。

3) 　〜(ら)れるよう(に)、使〜可以……
   - 爲了不辜負大家的期待，我會努力的。
   - 希望您明天能笑著。
   - 希望您笑容常在。

◉ 商業常識「自我介紹的四個重點」

1) 長度約 1 分鐘，「簡短」、「簡潔」
   冗長的自我介紹會給人負面印象。

2) 過度自我吹捧 NG
   自我介紹終歸是「打招呼」和「製造下個話題的契機」。請注意不要過度賣弄自己的能力、知識和熱情。

3) 開朗的表情、清晰的音量
   開朗明亮的表達是基本的。應直視對方的臉，面向對方說話。太過小聲或模糊的聲音會給人消極的印象。

4)　以下列五項為基礎自我介紹
　　請確認自我介紹的內容及流程。

(1) 打招呼
(2) 大學、科系／職務經歷
(3) 大學或課後活動的學習、專業領域
(4) 精準 PR
(5) 對企業而言有吸引力的點等等

THEME II　在辦公室

► SCENE 1 電話應對

◉ 會話「轉達」

員工：　謝謝您的來電。這裡是韓日商務。

客戶：　受您照顧了，我是佐島物產的安倍。不好意思，請問浮田課長在嗎？

員工：　佐島物產的安倍先生您好，一直以來受您照顧了。您找浮田課長是嗎？這裡幫您轉接，請稍待一會。

◉ 會話「不在」

員工：　謝謝您的來電。這裡是韓日商務。

客戶：　受您照顧了，我是菅貿易公司的門沙羅。不好意思，請問浮田課長在嗎？

員工：　菅貿易公司的門沙羅先生是嗎，一直以來受您照顧了。很抱歉，浮田目前不在位子上，他回來後我們馬上回電給您好嗎？

客戶：　好的，麻煩您了。

員工：　以防萬一，請告訴我您的電話號碼。

客戶：　好的，03-300-1000。

員工：　好的，再向您確認一次，是 03-300-1000。我會幫您轉達。

客戶：　麻煩您了。

員工：　謝謝您。

◉ 基本文法

1)　～でございます。是……。有……。
   - 我是小島。
   - 保固期是六個月。
   - 這個商品是三萬日圓。
   - 有紙張。
   - 沒有汽車。
   - 錢的話還是有的。
   - A：有時鐘嗎？
     B：是，有的。

2)　お世話になります。受您照顧。
   - 從今天開始要受您照顧了，請多多指教。
   - 我才是要承蒙您的照顧。
   - 在職期間受了您很多關照，謝謝您。

3)　～させていただきます。讓我來做……。
   - 我來檢討。
   - 我來確認日程。
   - 今天就到此爲止。

◉ 商業常識「稱呼」

1) 職稱

自己的公司	其他公司、客戶
敝公司的小島、本公司的小島	小島社長
敝公司的梶間、本公司的梶間	梶間部長
敝公司的浮田、本公司的浮田	浮田課長

2) 公司、學校的稱呼

	自己的〜	對方的〜
公司	敝公司、本公司、我們公司	貴公司、貴社
學校	本校	貴校
大學	本大學	貴校、貴大學

自己……我
對方……○○先生女士、○○先生女士、客人
上司……○○課長、○○部長
同事……○○先生女士

＊注意：上司(職稱)本身就是尊稱，所以職稱後不需再加上敬語「さん」。

▶ SCENE 2 接到指示

◉ 會話

課長：　韓君，就在剛才部長急著要我制定新產品的銷售計畫。

員工：　是。

課長： 我需要你去賣場和客戶那裡整理產品滿意度調查，你可以嗎？

員工： 好的，我知道了。我馬上去處理。

課長： 去吧。如果有困難，就先打電話回公司。

員工： 好的，我知道了。

◉ 基本文法

1) ～やってもらう。使～做……、拜託。
  - 讓山本君做吧。
  - 可以一起做嗎？
  - 如果有機會的話，希望有人能做。

2) ～行って参ります。我走了。
  - 我馬上去。
  - 我去探病。
  - 下個月開始要去大阪出差。

◉ 商業常識「重要的敬語用法」

	叮嚀語	尊敬語	謙讓語
有、在	います	いらっしゃいます おいでになります	おります
去	行きます	いらっしゃいます おいでになります	まいります
來	来ます	いらっしゃいます おいでになります	まいります
有	あります	おありになります おありです	ございます

	叮嚀語	尊敬語	謙讓語
說、講、叫	言います	おっしゃいます	(私は＊＊と) 申します (意見を) 申し上げます
看	見ます	ご覧になります	拝見します
吃、喝	食べます 飲みます	召し上がります	いただきます
知道	知っています	ご存じです	存じております 知っております
想	思います	お思いになります	存じます
做	します	なさいます	いたします
見(你)	会います	お会いになります	お会いします お目にかかります
拿、擁有	持ちます	お持ちになります	お持ちします
聆聽、詢問	聞きます	お聞きになります	お聞きします 伺います
住	住んでいます	お住まいです 住んでいらっしゃいます	住んでおります
是……	～です	～でいらっしゃいます	～でございます

	叮嚀語	尊敬語	謙讓語
正在……	～ています	～ていらっしゃいます	～ております
給（我）	くれます	くださいます	
穿	着^きます	お召^めしになります	
睡覺、休息	寝^ねます	お休^{やす}みになります	
給	あげます		差^さし上^あげます
要、接受	もらいます		いただきます
拜訪	訪^{たず}ねます 尋^{たず}ねます		うかがいます

THEME III　拜訪客戶

► SCENE 1 接待櫃台

◉ 會話

櫃台：　歡迎光臨。

顧客：　不好意思，請問業務部怎麼走？

櫃台：　您說業務部嗎？請搭電梯到 7 樓。出電梯後往右前方走，就會
　　　　看到業務部櫃台了。

顧客： 7 樓是嗎？出電梯後右前方。

櫃台： 是的，沒錯。

顧客： 謝謝。對了，那洗手間在哪裡呢？

櫃台： 洗手間就在這條走廊盡頭。

顧客： 這條走廊盡頭是吧，謝謝您親切地告訴我。

櫃台： 不會。

◉ 基本文法

1) ～行ったら、如果去……
   - 去哪裡好呢？
   - 我應該帶什麼去呢？
   - 去公司就會知道了。

2) ～進むと、如果前往、前進、進行……
   - 往左走就會看到前台。
   - 再往前進就回不去了。
   - 今後這件事將如何進行？

◉ 商業常識「接待客人的 8 大用語」

1) 歡迎光臨。
   和客人初次搭話時所說的話，表達歡迎對方。

2) 謝謝您。
   也可用於「謝謝您的光臨」等感謝顧客的行為，所以請多加練習讓
   自己能自然說出口。
   對於要離開的顧客，請用帶有誠摯之意的「謝謝您」鞠躬問候。

3) 不勝感激、實在不好意思。
   本用語有傳達「感謝」之意的模式，以及傳達抱歉兩種情況。
   拜託顧客時也會使用此用語。

4)　我了解了。
　　接到顧客的期望（事項）時，傳達承諾（同意、理解）的用語。
　　接待客人時請避免「知道」或「了解」等輕浮的語氣，記得要使用「我了解了」。

5)　眞的非常抱歉。
　　給客人添麻煩時必定要使用的用語。需要向顧客道歉時，「不好意思」、「抱歉」是不合適的。必須用清楚的聲音鄭重地說「眞的非常抱歉」。

6)　請稍待一會。
　　接待顧客時，須暫時離開或被對方拜託事情時使用的用語。

7)　久等了。
　　讓顧客等待後說的話，重點是說這句話時要帶著微笑鞠躬。
　　如果出現讓顧客等非常久的情況，必須帶著歉意說「讓您久等了」。

8)　不好意思。
　　用於和顧客搭話或阻止其行爲。
　　不須過度地恭敬拘謹。

► SCENE 2 初次見面

◉ 會話「在接待處」

接待處：　歡迎光臨。

訪客：　　你好。我是韓日商務銷售部的韓國人。今天 2 點與業務部的人有約。

接待處：　好的，韓日商務銷售部的韓國人先生。請稍等。……久等了，這邊請。

◉ 會話「在接待室」

客戶： 初次見面。我是加位祖物產業務部的小島。（遞交名片）

訪客： 業務部的小島課長您好，初次見面。我是韓日商務銷售部的韓國人。總是承蒙您的關照。（遞交名片）

客戶： 韓日商務銷售部的韓國人您好，我才總是受您照顧了。往後由我負責貴公司。無論如何請多多關照。

訪客： 我才要請您多多照顧。我今天是來商量新商品的。

客戶： 原來如此。我帶您去會議室，這邊請。

訪客： 好的，謝謝您。

◉ 基本文法

1) ～打ち合わせ。協議、事先商量、開會……。
   - 今天的會議到此為止。
   - 預約會議現在還來得及。
   - 說明協商的進行方式。

2) ～ご案内いたします。向您介紹……。
   - 稍後為您介紹會議時間和會場。
   - 我會帶您到出口，請在這裡稍等片刻。
   - 從現在起由我帶您去會場。

◉ 商業常識「有規則的敬語用法」

	叮嚀語	尊敬語	謙讓語
說	話します	お話しになります 話されます	お話しします お話しいたします お話し申し上げます

175

	叮嚀語	尊敬語	謙讓語
讀	読みます	お読みになります 読まれます	お読みします お読みいたします お読み申し上げます
等	待ちます	お待ちになります 待たれます	お待ちします お待ちいたします お待ち申し上げます
拜訪	訪ねます	お訪ねになります 訪ねられます	お訪ねします お訪ねいたします お訪ね申し上げます
聯絡	連絡します	ご連絡になります 連絡されます	ご連絡します ご連絡いたします ご連絡申し上げます
介紹	案内します	ご案内になります 案内されます	ご案内します ご案内いたします ご案内申し上げます

► SCENE 3 產品介紹

◉ 會話

訪客：　這次本公司發售了新產品，詳情請看這裡。因此，我希望能先聽聽看各位對新產品的意見。

客戶：　新產品的特徵是什麼？

訪客：　是的，這次新產品的特徵是輕便。

客戶：　確實。材料是什麼呢？

訪客：　我們選用了新材料，所以彈性和透氣性非常優秀。這邊是樣品。

客戶：　觸感很好，也很舒適呢。但是有必要更改設計，我想設計上要給人一種未來感的形象比較好。

訪客：　好的，真的非常感謝您提供寶貴的意見。我們會參考。

◉ 基本文法

1)　~ 伺いしたいのです。想去問問 (看望) ……。
   - 我想拜訪您，您有空嗎？
   - 我 3 點想拜訪您，您方便嗎？
   - 我想詢問您的日程，您方便嗎？

2)　~ ということです。這表示……、這意味著……。
   - 這表示你正在關注它。
   - 這意味著它在一點一點地發生。
   - 這意味著做任何事都需要經驗。

◉ 商業常識「業務溝通的基本用句」

1)　委託時
   - 不好意思，請問您貴姓？
   - 很抱歉給您帶來不便，但感謝您的合作。
   - 能拜託您一下嗎？

2)　同意時
   - 好的，我知道了。
   - 我了解了。

3)　拒絕時
   - 恕我拒絕。
   - 不用了，謝謝。

4) 道歉時
　▪ 眞的非常抱歉。
　▪ 不好意思。
　▪ 給您添麻煩了。

5) 感謝時
　▪ 謝謝您。
　▪ 謝謝，眞是不好意思。

6) 送別時
　▪ 回去路上請小心。
　▪ 歡迎再度光臨。
　▪ 以後也請務必光臨。

THEME IV　在賣場

► SCENE 1 詢問商品

◉ 會話「有商品時」

店員：　歡迎光臨。請問您要找什麼商品呢？

顧客：　能給我看一下那個特產禮盒嗎？

店員：　您說這個嗎？

顧客：　是的，就是那個。

店員：　好的，請看看。

◉ 會話「沒有商品時」

店員： 歡迎光臨。請問您要找什麼商品呢？

顧客： 請問有 innisfree 的礦物粉嗎？

店員： 很抱歉，innisfree 的礦物粉目前售完了。要幫您訂購嗎？

顧客： 是喔？因為我只有今天有空，所以不用(訂購)了沒關係。

店員： 這樣啊，非常抱歉沒能幫上忙。

◉ 基本文法

1) ～見せてもらえますか。能讓我看一下……嗎？
   - 能讓我看一下菜單嗎？
   - 如果方便的話，可以讓我看一下嗎？
   - 能讓我看一下樣品嗎？

2) ～よろしいでしょうか。……沒關係嗎？
   ……也可以嗎？
   - 能撥空嗎？(我可以佔用您一些時間嗎？)
   - 方便請問您的姓名嗎？
   - 這份資料可以嗎？(您說的是這份資料嗎？)

3) ～切らしております。……都沒了。
   - 現在庫存都售完了。
   - 一千日圓紙鈔都用完了。
   - 碰巧名片都沒了，日後我再拿給您。

4) ～申し訳ございません。非常抱歉……。
   - 給您添麻煩了，真是非常抱歉。
   - 麻煩您了真對不起。
   - 很抱歉遲到了。

► SCENE 2 顏色、圖案、尺寸

◉ 會話

店員：　歡迎光臨。請問您要找什麼商品呢？

顧客：　請問有高領連身裙嗎？

店員：　是，有的。請問您想要什麼顏色？

顧客：　我喜歡米色系的。

店員：　米色的這樣的圖案如何？

顧客：　這個嘛，不覺得太花俏了嗎？

店員：　是嗎？其實看不出來。客人穿的話看起來非常華麗，很適合您。

顧客：　是嗎。但是我還是比較喜歡簡約的款式。

店員：　這樣啊。那麼，這個圖案如何呢？

顧客：　啊，這個很好。就選這個吧。

店員：　您的尺寸是多少呢？

顧客：　我不太清楚。

店員：　這樣啊。要幫您量尺寸嗎？

顧客：　好的，拜託了。

店員：　您的尺寸是 M 號。嗯，這件是 M 號。

顧客：　可以試穿嗎？

店員：　可以，試衣間在這裡。這邊請。

顧客：　好的，謝謝。

◉ 基本文法

1) ～いかがですか？……如何？
   - 客人，您要飲料嗎？
   - 您（時間上）方便嗎？
   - 心情怎麼樣？

2) ～お召しになる 穿……
   - 洋裝請在這邊穿。
   - 穿著和服。
   - 華麗的衣服很適合您。

3) ～おいくつですか？您的……是多少？
   - 您的身高是多少？
   - 不好意思，請問您年紀多大？
   - 請問您衣服的尺寸是多少？

► SCENE 3 付款方式

◉ 會話

店員：　歡迎光臨。請問您要找什麼商品呢？

顧客：　我想買肩背包。

店員：　是客人您要用的嗎？

顧客：　是的，沒錯。

店員：　這個迷你包如何？是今年流行的款式。

顧客：　好可愛。有什麼顏色呢？

店員：　有黑色、棕色、紅色、藏青色等等。

顧客：　我比較喜歡黑色。材質是什麼？

店員：　　這個包包是牛皮的，所以非常堅固。

顧客：　　原來如此，那麼請幫我包起來。多少錢？

店員：　　謝謝您，一萬兩千日圓。您要如何付款？

顧客：　　用信用卡。

店員：　　要分期付款嗎？三個月免利息。

顧客：　　不用了，我要一次付清。

店員：　　我知道了，請稍等一下。……讓您久等了，這是您的卡片。請確認金額後簽名。

顧客：　　好的，沒錯。謝謝。

店員：　　這是發票和商品。謝謝您，歡迎下次再來。

◉ 基本文法

1) ～どうなさいますか？您希望怎麼做……？
   - 您飲料要喝什麼？
   - 接下來，您要怎麼做？
   - 您想怎麼包裝？

2) ～ご確認の上　確認……後
   - 請確認賞味期限後再訂購。
   - 請仔細確認合約內容後簽名。
   - 請確認物品的內容和數量後簽名。

3) ～お越し下さい（ませ）。請過來……。
   - 正在實施限時折扣，請務必光臨本店。
   - 謝謝您今天百忙之中前來。
   - 來的時候請注意安全。

◉ 商業常識「會話的基礎知識」

1) 容易聽懂
    清楚的發音、適當的語速。

2) 容易理解
    使用對方能夠理解的話，避免專業術語或縮略語。

3) 配合對方的反應
    確認對方理解的程度，重複問題或內容。

4) 溫和的表情
    和說法相配合的表情。

5) 正確的措詞
    使用合適的尊敬語和謙讓語。
    避免同輩之間使用的話(新造語、暗號等)或流行語。

6) 能提升好感的態度
    端正、清爽。

7) 說真心話
    說出事實和真心，不編造和做作。

8) 多種話題
    內容豐富的話題，但是不要自誇。

► SCENE 4 減價銷售

◉ 會話

店員：　歡迎光臨。請問您要找什麼商品呢？

顧客：　我想買特產(紀念品)，請問有推薦的東西嗎？

店員：　蜂蜜奶油杏仁、蜂蜜奶油片之類的如何呢？這些現在正在打折，所以只要半價。

顧客：　原來如此。那麼，請給我這個和這個，還有那個。

店員：　謝謝您。請到這邊結帳。

顧客：　好的，總共多少錢？

店員：　謝謝您。總共是五千兩百日圓。

顧客：　好的，給您一萬日圓。

店員：　收您一萬日圓，請稍等一下。……讓您久等了，找您四千八百日圓，請確認發票和找零。

顧客：　好的，沒錯。謝謝。

店員：　謝謝您，歡迎下次再來。

◉ 基本文法

1)　～ております。正在……。
- 總是受您照顧了。
- 久疏問候。
- 碰巧課長在接別的電話。

2)　～お預かりします。收您……、我來保管……。
- 收您一萬日圓。
- 貴重物品幫您放在這邊的箱子裡保管。
- 暫時幫您保管。

3)　～お返しです。這是 (找您的錢)、給您 (找零)。
- 這是 (給您) 收據。
- 這是找您的錢。
- 給您卡片和發票。

◉ 商業常識「商品流通相關工作」

1) 銷售人員
   在賣場直接面對顧客，銷售商品或提供服務。透過與顧客的溝通增加粉絲或掌握需求也是重要的業務之一。

2) MD（商品企劃）
   從商品開發、銷售管理到預算管理等，決定整體商品計畫並管理的負責人。工作是以市場調查等為基礎掌握流行趨勢，並開發符合潮流的人氣商品。

3) 店長
   從商品的接單和下單、庫存與銷售管理到工讀生訓練，全權處理店鋪的運作經營。

4) 採購
   店鋪內商品的採購負責人。只購買符合需求量的商品，確保庫存不過剩，實現有效銷售。

5) 主管
   是連鎖店總部的員工，指導加盟店的經營。

THEME V 在服務櫃台

► SCENE 1 包裝

◉ 會話

店員： 歡迎光臨。

顧客： 你好。這個，能幫我包裝成禮物嗎？

店員： 好的，沒問題。

顧客：　　也請幫我繫上蝴蝶結。

店員：　　蝴蝶結是要收費的，可以嗎？

顧客：　　多少錢？

店員：　　50 日圓。

顧客：　　那就拜託你了。

店員：　　您想要什麼顏色的蝴蝶結呢？

顧客：　　我要紅色的。

店員：　　好的，我知道了。

顧客：　　另外，可以把那個放進購物袋裡嗎？

店員：　　購物袋也要收 10 日圓，可以嗎？

顧客：　　可以，沒問題。

店員：　　我了解了，請稍等一下。

◉ 基本文法

1)　　～てもらえますか？您能幫我 (做)……嗎？
   - 能幫我換貨嗎？
   - 能幫我配送嗎？
   - 能幫我馬上修理一下這個嗎？

2)　　～かかります。 需要、花費……。
   - 退款手續需一週左右。
   - 通勤時間大約需要一小時。
   - 額外運費需六百日圓。

3) ～構^{かま}いません。……沒關係。

- 幾點都可以。
- 電話、郵件，哪個都可以。
- 花多少都沒關係。

◉ 商業常識「免稅店」

1) 「保稅免稅店 -DUTY FREE SHOP」常見於機場。
與此相比，掛在百貨公司或商店街的免稅店標示上都寫著「TAX FREE SHOP」。
「DUTY FREE」是指免除外國產品進口日本時課的關稅。
因此菸草稅、酒稅、關稅等稅金都包含在內。

2) 「消費稅免稅店 -TAX FREE」指的是免除日本國內消費所課徵的稅金。
也就是說，在日本國內不消費，可以帶往國外的所有東西都是免稅對象。

► SCENE 2 免稅手續

◉ 會話

店員： 歡迎光臨。

顧客： 我想辦理免稅。

店員： 好的，需請您出示購買的商品、收據和您的護照。

顧客： 好的，這裡是商品、收據和護照。

店員： 好的，請稍等一下。……

店員： 不好意思，久等了。總共是 16200 日圓，退給您消費稅現金 1620 日圓。

顧客： 好的，謝謝。

店員： 請在這裡簽名。

顧客：　我知道了。好了，這裡。

店員：　好的，這裡是 1620 日圓、護照和您購買的商品。貼在護照上的紙張請在出境時交給海關。

顧客：　好的，我知道了。謝謝。

店員：　非常感謝您。

◉ 基本文法

1)　~提示（ていじ）が必要（ひつよう）です。需出示……。
- 購買時需出示駕照。
- 在兒童補助等手續中需要出示 My Number（個人番號）。
- 辦理入住時需出示身分證。

2)　~お渡（わた）しください。 請給我、請遞交……。
- 請把這裡的數據給我。
- 請把這個送到前台。
- 請把這個文件交給入境審查官。

◉ 商業常識「10 種片假名商業用語」

1)　分配 assign
「任命、分配」的意思。
「被 assign 到計畫」意思是「被任命爲計畫的一員」。

2)　議程 agenda
「討論課題、議題」的意思。
「今天的 agenda」意思是「今天的會議或研討會等的議題」。

3)　證據 evidence
「證據、根據」的意思。
包含以調查結果、證明書、畫像等廣泛的形式呈現可以成爲證據的資料。「在下次會議中明確留下 evidence」意思是「在下次磋商中確實地記錄內容作爲證據」。

4) 任務 task
「職務、要做的工作」的意思。
「今天的 task 是完成文件和發表」意思是「今天要做的工作是完成文件和發表」。

5) 知識 knowledge
「知識」的意思。
「在會議上分享 knowledge」的意思是「在會議上分享知識」。

6) 確定 fix
「最終決定」的意思。
「可以用這個內容 fix 嗎?」意思是「可以把這個內容當成最終決定嗎?」。

7) 情況 phase
「局面、階段」的意思。
「計畫進入下一個 phase」意思是「計畫進入下一個階段」。

8) MTG meeting
「會議、meeting」的意思。
「今天下午三點開始展開 MTG」意思是「今天下午三點開會」。

9) ASAP (as soon as possible)
「儘快」的意思。
「這是之前拜託的文件,請 ASAP 製作」意思是「這是之前委託的文件,請儘快製作」。

10) KPI
「重要業績成果指標= Key Performance Indicator」的簡稱。
顯示實現目標的過程是否順利進行。這是在往最終目標邁進時,可以了解「現在進行到什麼程度」的指標。

測 驗 解 答

THEME 1　進入公司

▶ SCENE 1 求職面試

1. (1) 入社（にゅうしゃ）　　(2) 面接（めんせつ）　　(3) 専攻（せんこう）

   (4) 仕事（しごと）　　(5) 販売（はんばい）　　(6) 志望（しぼう）

2. (1) 請簡單自我介紹一下。

   (2) 你的優點和缺點是什麼呢？

   (3) 你的志願動機爲何？

   (4) 辛苦了。

   (5) 請注意（小心）。

3. (1) 初（はじ）めまして、*** と申（もう）します。

   (2) お知（し）らせいたします。

   (3) お迎（むか）えに参（まい）りました。

   (4) 忘（わす）れないように心掛（こころが）けています。

   (5) お世話様（せわさま）でした。

▶ SCENE 2 第一天上班

1. (1) 課長 [か ちょう]　　　(2) 出勤 [しゅっきん]　　　(3) 売り場 [う ば]

　　(4) 一般事務 [いっぱん じ む]　(5) 趣味 [しゅ み]　　　(6) 担当 [たんとう]

2. (1) 請簡單自我介紹。

　　(2) 我是被分配到銷售部的韓國人。

　　(3) 如果有興趣相同的人請告訴我。

　　(4) 在工作上也會努力儘快熟悉工作。

　　(5) 學會一般行政的技能後再到賣場工作。

3. (1) 今日 [きょう] から販売部 [はんばい ぶ] で一緒 [いっしょ] に働 [はたら] くことになりました。

　　(2) ご存知 [ぞんじ] の方 [かた] がいらっしゃいましたら教 [おし] えてください。

　　(3) 期待 [き たい] に応 [こた] えられるよう頑張 [がんば] ります。

　　(4) このたび弊社 [へいしゃ] は下記住所 [か き じゅしょ] へ移転 [いてん] することとなりました。

　　(5) 笑顔 [えがお] でいられるように。

THEME II 在辦公室

▶ SCENE 1 電話應對

1. (1) 取り次ぐ [と つ]　　(2) 留守 [る す]　　　(3) 呼称 [こ しょう]

　　(4) 役職名 [やくしょくめい]　(5) 電話応対 [でん わ おうたい]　(6) 商事 [しょう じ]

2. (1) 一直以來受您照顧了。

　　(2) 現在不在位子上。

(3) 我會爲您轉接，請稍等。

(4) 等他一回來我們馬上回電給您好嗎？

(5) 我來確認。

3. (1) こちらこそお世話<ruby>世<rt>せ</rt></ruby><ruby>話<rt>わ</rt></ruby>になります。

(2) 保証<ruby>保<rt>ほ</rt></ruby><ruby>証<rt>しょう</rt></ruby>期間<ruby>期<rt>き</rt></ruby><ruby>間<rt>かん</rt></ruby>は六ヶ月<ruby>六<rt>ろっ</rt></ruby><ruby>ヶ<rt>か</rt></ruby><ruby>月<rt>げつ</rt></ruby>でございます。

(3) 本日<ruby>本<rt>ほん</rt></ruby><ruby>日<rt>じつ</rt></ruby>はこれで終了<ruby>終<rt>しゅう</rt></ruby><ruby>了<rt>りょう</rt></ruby>させていただきます。

(4) 検討<ruby>検<rt>けん</rt></ruby><ruby>討<rt>とう</rt></ruby>させていただきます。

(5) お伝<ruby>伝<rt>つた</rt></ruby>えしておきます。

► SCENE 2 接到指示

1. (1) 指示<ruby>指<rt>し</rt></ruby><ruby>示<rt>じ</rt></ruby>　(2) 新製品<ruby>新<rt>しん</rt></ruby><ruby>製<rt>せい</rt></ruby><ruby>品<rt>ひん</rt></ruby>　(3) 計画<ruby>計<rt>けい</rt></ruby><ruby>画<rt>かく</rt></ruby>

(4) 一度<ruby>一<rt>いち</rt></ruby><ruby>度<rt>ど</rt></ruby>　(5) 早速<ruby>早<rt>さっ</rt></ruby><ruby>速<rt>そく</rt></ruby>　(6) 取引先<ruby>取<rt>とり</rt></ruby><ruby>引<rt>ひき</rt></ruby><ruby>先<rt>さき</rt></ruby>

2. (1) 希望儘快制定新產品的銷售計畫。

(2) 希望你整理產品滿意度調查。

(3) 我馬上去。

(4) 有困難的話先打電話回公司。

(5) 我去探個病（就回來）。

3. (1) いらっしゃいます。

(2) おっしゃいます。

(3) お召<ruby>召<rt>め</rt></ruby>しになります。

(4) お住まいです／住んでいらっしゃいます。

(5) 召し上がります。

THEME III　拜訪客戶

► SCENE 1 接待櫃台

1. (1) 営業部　　(2) お手洗い　　(3) 廊下
   (4) 突き当たり　(5) 接客　　(6) 頼み事

2. (1) 請問業務部要怎麼走?

   (2) 出電梯後往右前方走，您就會看到業務部接待處。

   (3) 洗手間請沿著這條走廊直走到底。

   (4) 我該帶什麼去好呢?

   (5) 再往前進就回不去了。

3. (1) いらっしゃいませ。

   (2) 失礼致します。

   (3) お待たせ致しました。

   (4) 申し訳ございません。

   (5) 恐れ入ります。

► SCENE 2 初次見面

1. 　(1) 取引先　　　　(2) 受付　　　　(3) 名刺

　　(4) 担当　　　　(5) 打ち合わせ　　　　(6) 会議室

2. 　(1) 拜訪（尊敬語）。

　　(2) 您請稍等一下。

　　(3) 久等了。這邊請。

　　(4) 我會帶您到出口，請在這裡稍等片刻。

　　(5) 聯絡（謙讓語）。

3. 　(1) 本日2時のお約束で参りました。

　　(2) 今日の打ち合わせはここまでにしましょう。

　　(3) それでは、只今より会場へご案内いたします。

　　(4) 今後、御社を担当させていただきます。

　　(5) 打ち合わせの予約、まだ間に合います。

► SCENE 3 產品介紹

1. 　(1) サンプル　　　　(2) 素材　　　　(3) 伸縮性

　　(4) 通気性　　　　(5) 肌触り　　　　(6) 都合

2. 　(1) 我想請問您的意見。

　　(2) 這次新產品的特性是很輕。

　　(3) 觸感很好也很舒適，我很喜歡。

(4) 眞的非常感謝您寶貴的意見。

(5) 我想拜訪您，您有空嗎？

3. (1) お手数ですがよろしくお願いいたします。

(2) お断り申しあげます。

(3) ご迷惑をおかけいたしました。

(4) お気をつけてお帰りください。

(5) またどうぞお越し下さいませ。

THEME IV　在賣場

► SCENE 1 詢問商品

1. (1) 問い合わせ　　(2) お土産　　(3) 取り寄せる

(4) 役に立つ　　(5) 資料　　(6) 在庫

2. (1) 請問您在尋找什麼東西呢？

(2) 目前賣完了。

(3) 要幫您訂購嗎？

(4) 很抱歉幫不上忙。

(5) 給您添麻煩了，眞的非常抱歉。

3. (1) お手数をお掛けして申し訳ございません。

(2) 千円札を切らしております。

(3) お時間いただいてもよろしいでしょうか。

(4) よろしければ見せてもらえますか。

(5) 遅刻してしまい、申し訳ございません。

► SCENE 2 顔色、圖案、尺寸

1.　(1) 柄　　　　　(2) 系統　　　　　(3) 試着室
　　(4) 測る　　　　(5) 都合　　　　　(6) 気分

2.　(1) 請問您想要什麼顏色？

　　(2) 米色的這個圖案如何？

　　(3) 客人穿起來非常華麗，很適合您。

　　(4) 這樣啊。

　　(5) 要幫您量量看嗎？

3.　(1) どんな色がお好きですか。

　　(2) サイズはおいくつですか。

　　(3) 試着してもいいですか。

　　(4) ご都合はいかがですか。

　　(5) ドレスはこちらでお召しになってください。

► SCENE 3 付款方式

1.　(1) 分割払い　　　　(2) 支払う　　　　(3) 流行
　　(4) 材質　　　　　　(5) 領収書、レシート　　(6) 一括払い

2. (1) 您是要自用嗎？

(2) 這個包包是牛皮的，所以非常堅固。

(3) 您要如何付款？

(4) 您要分期付款嗎？三個月免利息。

(5) 您想怎麼包裝？

3. (1) こちらのミニバッグはいかがですか。

(2) 一括払いにしてください。

(3) 賞味期間をご確認の上、ご注文下さい。

(4) お飲み物はどうなさいますか？

(5) 本日はお忙しい中、お越しくださいましてありがとうございます。

► SCENE 4 減價銷售

1. (1) セール　　　(2) 半額　　　(3) 提供

(4) 期間　　　(5) 会計　　　(6) お釣り

2. (1) 我想買特產(紀念品)，請問有推薦的嗎？

(2) 因為正在打折，所以半價提供。

(3) 請到這裡結帳。

(4) 總共是五千日圓。

(5) 請確認發票和找零。

3. (1) また、どうぞお越<ruby>越<rt>こ</rt></ruby>し<ruby>下<rt>くだ</rt></ruby>さいませ。

(2) ご<ruby>無<rt>ぶ</rt></ruby><ruby>沙<rt>さ</rt></ruby><ruby>汰<rt>た</rt></ruby>しております。

(3) タイムセールを<ruby>実施<rt>じっし</rt></ruby>しますので、<ruby>是非<rt>ぜひ</rt></ruby><ruby>当店<rt>とうてん</rt></ruby>へお<ruby>越<rt>こ</rt></ruby>しください。

(4) あいにく<ruby>課長<rt>かちょう</rt></ruby>は<ruby>別<rt>べつ</rt></ruby>の<ruby>電話<rt>でんわ</rt></ruby>に<ruby>出<rt>で</rt></ruby>ております。

(5) <ruby>貴重品<rt>きちょうひん</rt></ruby>はこちらのボックスでお<ruby>預<rt>あず</rt></ruby>かりします。

THEME V　在服務櫃台

► SCENE 1 包裝

1. (1) <ruby>買<rt>か</rt></ruby>い<ruby>物袋<rt>ものぶくろ</rt></ruby>　　(2) <ruby>包装<rt>ほうそう</rt></ruby>　　(3) <ruby>有料<rt>ゆうりょう</rt></ruby>

(4) <ruby>通話<rt>つうわ</rt></ruby>　　(5) <ruby>料金<rt>りょうきん</rt></ruby>　　(6) <ruby>配達<rt>はいたつ</rt></ruby>

2. (1) 能幫我把這個包裝成禮物嗎？

(2) 也請幫我繫上蝴蝶結。

(3) 能幫我放進購物袋嗎？

(4) 購物袋也要 10 日圓，可以嗎？

(5) 我知道了，請稍等一下。

3. (1) <ruby>商品<rt>しょうひん</rt></ruby>を<ruby>交換<rt>こうかん</rt></ruby>してもらえますか？

(2) <ruby>何時<rt>なんじ</rt></ruby>でも<ruby>構<rt>かま</rt></ruby>いません。

(3) <ruby>配達<rt>はいたつ</rt></ruby>してもらえますか？

(4) <ruby>電話<rt>でんわ</rt></ruby>・メールのどちらでも<ruby>構<rt>かま</rt></ruby>いません。

(5) <ruby>別途<rt>べっと</rt></ruby><ruby>送料<rt>そうりょう</rt></ruby>が 600 <ruby>円<rt>えん</rt></ruby>かかります。

► **SCENE 2 免税手続**

1.　(1) 免税^{めんぜい}　　(2) 領収書^{りょうしゅうしょ}　　(3) パスポート

　　(4) 消費税^{しょうひぜい}　　(5) 出国^{しゅっこく}　　(6) 税関^{ぜいかん}

2.　(1) 我想辦理免税。

　　(2) 需出示購買的商品、收據及您的護照。

　　(3) 退給您消費稅現金 1620 日圓。

　　(4) 請在這裡簽名。

　　(5) 出境時請將黏貼在護照上的紙交給海關。

3.　(1) 商品^{しょうひん}と領収書^{りょうしゅうしょ}、パスポートです。

　　(2) 大変^{たいへん}、お待^またせしました。

　　(3) 購入時^{こうにゅうじ}に運転免許書^{うんてんめんきょしょ}の提示^{ていじ}が必要^{ひつよう}です。

　　(4) こちらをフロントまでお渡^{わた}しください。

　　(5) チェックイン時^{とき}に身分証明書^{みぶんしょうめいしょ}の提示^{ていじ}が必要^{ひつよう}です。

職場日語不卡卡 情境商用日語會話 / 吳皇禪著 ; 陳宜慧譯. --
初版. -- 臺北市：笛藤，八方出版股份有限公司, 2022.06
　面；　公分
譯自：상황별 비즈니스 일본어 회화
ISBN 978-957-710-855-5(平裝)

1.CST: 日語 2.CST: 商業 3.CST: 會話

803.188　　111006329

2022年6月24日　初版1刷　定價300元

著　　　者	吳皇禪
譯　　　者	陳宜慧
總 編 輯	洪季楨
編　　　輯	陳亭安
內頁設計	王舒玗
封面設計	王舒玗
編輯企畫	笛藤出版
發 行 所	八方出版股份有限公司
發 行 人	林建仲
地　　　址	台北市中山區長安東路二段171號3樓3室
電　　　話	(02) 2777-3682
傳　　　真	(02) 2777-3672
總 經 銷	聯合發行股份有限公司
地　　　址	新北市新店區寶橋路235巷6弄6號2樓
電　　　話	(02) 2917-8022・(02) 2917-8042
製 版 廠	造極彩色印刷製版股份有限公司
地　　　址	新北市中和區中山路二段380巷7號1樓
電　　　話	(02) 2240-0333・(02) 2248-3904
郵撥帳戶	八方出版股份有限公司
郵撥帳號	19809050